有能
美人
俺の
騎士団
ガイカク・ヒクメの奇術騎士団
AND LEAD A BEAUTIFUL HAREM OF KNIGHTS.
2
ソシエ
caption
ガイカクに心酔し、
助手を自称するエルフの少女。
自分を捨てた故郷・エルフの森に
恨みを持つが、
そんな故郷の危機を救うという依頼が
騎士団に舞い込み……。
ベリンダ
caption
ガイカクに拾われたドワーフたちのリーダー。
金属加工や建設作業に秀で、
騎士団では工兵の役回りに。
警戒心が強く、
ガイカクたちにも簡単には心を許さないが……。

なぜか、ティストリアは
余所行き用のドレスを着ていた。
ティストリア
caption
騎士の頂点である騎士総長を務める、
女神と見まごう美女。
人類史上最高の強さと美を兼ね備えた人間の「エリート」。
外交などの時には
女騎士以外の姿も見せる。

「よければ、その会談に貴方も出席しますか？」
ガイカク・ヒクメ
caption
違法な技術を研究する天才魔導士。
ティストリアの試練を超え、
正式に騎士団長として認められた。
落ちこぼれの少女たちで構成された
「奇術騎士団」を率いて
大活躍する。

夜襲をせんと待ち構えていた、ベリンダ。
「ここまできたからにゃあ、
アタシもすんなり
帰る気はねえさ！」

砲兵隊《エルフ》たちは、
そろってベリンダに抱き着いていく。
「あ〜〜！　最高！」

「お、おい！　やめろ！」

Rokurou Akashi,
Shunsuke Himuro
Presents

英雄女騎士に有能とバレた俺の美人ハーレム騎士団2

ガイカク・ヒクメの奇術騎士団

明石六郎

ファンタジア文庫

3382

口絵・本文イラスト　氷室しゅんすけ

C O N T E N T S

I was found to be competent by a heroic female knight and lead a beautiful harem of knights.

第一章　ドワーフの参戦

1

　さて、ボリック伯爵領にある、ガイカク・ヒクメの拠点である。

　天才違法魔導士《まどうし》ガイカク・ヒクメは、自分の部下を建物の外に集めていた。

　エルフ二十名、オーガ二十名、ゴブリン二十名、獣人《じゅうじん》十名、ダークエルフ十名。そして人間百名。種族こそ異なるものの、全員が若い女性であった。

　総勢百八十名を前に、ガイカクは立っていた。とても浮き足立っている彼女らに対して、ガイカクは正式な発表を行う。

「……いろいろもったいぶりたいが、気が急《せ》いているみたいだな。はっきりと言ってやる」

　ガイカクはにやりと笑いながら、結果の報告を行った。

「騎士総長《きしそうちょう》ティストリア様からの任務をこなしたことで……俺たちは正式に、騎士団として認められた」

「やったあああああ！」

どの種族も整列や清聴を忘れて、大興奮しながら叫んでいた。

自分たちは、騎士団になれた。

国民の誰もが憧れる、他の種族からも尊敬される、正義の味方、無敵のヒーロー。

騎士団として、自分たちが認められた。公式で、正式に、公認された。

これまでの人生が、順調からほど遠かった女戦士たち。彼女らは自分たちの成果を、全身で味わっていた。

「ふっ……これから大変だってのに、能天気なもんだぜ。少しは不安がってもいいと思うが……まあ無理な話か」

ガイカクはにやりと笑いながら、彼女らをしばらく好きにさせていた。

これから過酷な任務が待っているからこそ、今の感動が力になる。そのあたりの機微は、ガイカクにもわかっていた。

しばらく放置していると、やがて彼女らも落ち着きを取り戻し、より具体的な情報をガイカクから引き出そうとした。

「それで、親分！　名前とか旗とか、どうなったんですか？」

ガイカクを『親分』と呼ぶのは、オーガの女戦士たちである。

ガイカクよりもずっと大柄で筋肉質な彼女たちは、できるだけガイカクに視線を合わせようと屈《かが》みながら聞いてきた。

「ん、いい質問だ。騎士総長ティストリア様より、『奇術騎士団《きじゅつきしだん》』という名前と、その旗を正式にいただいた……ありがたく思うように！」

ガイカクはやや顔を引きつらせつつ、ティストリアから授かった『旗』を全員の前で広げた。

それはもうポップ調で、ちょっと手品ショーの看板のようであった。

ダーティーの極みみたいなガイカクが広げると、これっぽっちも似合っていない。

似合っていないだけならまだいいが、騎士団の旗らしくもなかった。

(この旗を掲げて戦うのか……)

その旗を見た団員たちは、ガイカクの心中が痛いほどわかっていた。

好きとか嫌いとか以前に、これを掲げて戦場に向かうことに抵抗感があったのだ。

とはいえ、全員が消極的だったわけでもない。

「旦那様！　とっても可愛《かわい》い旗ですね！」

ガイカクを『旦那様』と呼ぶのは、オーガとは対照的にとても小柄なゴブリンたち。

彼女らだけは、ティストリアの作った旗が気に入った様子である。

（いやまあ、可愛いとは思うけどねえ……）

他の団員はゴブリンと同調できずにいたが、否定するとそれはそれで問題なので黙っていた。

「そうですよね……先生、今からでも大魔導士騎士団とかに変えてもらえませんか？」

ガイカクを『先生』と呼ぶのは、手足が細く長いエルフたち。

奇術騎士団というネーミングに不満を持つ一方で、提案がものすごく雑なのは、彼女たちの育った環境を表しているだろう。

「ぞ、族長……言いにくいのだが、私たちは旗のデザインも考えていた……今からでも変更しないか？」

ガイカクを『族長』と呼ぶのは、手足が濃い体毛に覆われている獣人たち。

彼女たちはそれぞれに『絵の描かれた布』を持っており、下手ながらもいろいろと絵を描いていた。

なお、主なモチーフは、狼《おおかみ》やクマ。あるいは雪の積もっている木などであった。

どうみても、彼女たち（の故郷）をテーマにしている。

彼女らに悪気はないだろうが、他の種族からの同意は得られないだろう。むしろそれを参考に、他の種族も好き勝手を言うに違いない。

「御殿様《おとのさま》、私たち思うんですけど……旗も名前も、騎士総長様に決めてもらってよかったんじゃないですか？　私たちで決めていたら、大ゲンカになってましたよ」

ガイカクを御殿様と呼ぶのは、やや寒色のエルフ、ダークエルフたちであった。

警戒心が強く慎重で臆病な彼女らは、仲間が多種多様すぎるが故の衝突を回避できたことに、安堵《あんど》しているようであった。

「そ、それでだ！　団長殿……ああ、我らが騎士団長殿！　騎士団の一員となった、我らへの最初の命令はなんだ⁉　パーティーへの出席か、パレードの練習か⁉」

ガイカクを団長と呼ぶのは、人間たちであった。

元はアマゾネス傭兵《ようへい》団と名乗り、現在はガイカクの下で歩兵隊に属している者たち。

彼女らは興奮気味に、騎士としての最初の仕事を求めていた。

「騎士としての初仕事……どんなものだろう！」

その言葉をきっかけとして、他の部下たちもガイカクの指示に期待をし始めた。

騎士となった自分たちに待つ最初の指示とはいったい？

「もちろん、引っ越しの準備だ」

ガイカクは、あっさりと答えた。

これには、全員が少々拍子抜けする。だがそれも、どこに引っ越しをするのか、を聞けば吹っ飛んだ。

「俺たちの引っ越し先は、騎士団総本部近くだ。これから他の騎士団の傍《そば》に居を構えて、各地へ遠征していくわけだな」

騎士団として、騎士団の総本部近くに引っ越す。

なるほど、騎士団の最初の仕事と考えれば、この上なく順当である。

いつまでもボリック伯爵領にいるなどありえない、さっさと引っ越してしまおう。

全員の士気が、大いに上がっていた。

「量が量だけに、一日で引っ越しはできないだろう。だからまずは、運び出せるよう梱包《こんぽう》から始めておいてくれ。大荷物はオーガと人間と獣人で、危険な薬品なんかはエルフとダークエルフとゴブリンで頼む」

ガイカクの拠点には多くの人数が暮らしている上に、魔導的な武器や素材、薬品も多い。

そのため一日では作業が終わらず、大仕事になるだろう。

だがそれでも、新しい地への希望に燃える乙女たちは、騎士団としての初仕事に燃えていた。

「いよいよ私たちも騎士団か〜〜！」

「早く作業しよう、その分早く出発できる！」

「あ〜今から楽しみ〜〜！」

　そうして盛り上がっている面々を見てから、ガイカクは自分がどうするのかを話していた。

「俺は街に行って、引っ越し用に荷車を何台か買ってくる」

　ガイカクはそう言い残すと、拠点を背に街へと向かったのであった。

　その彼の背を追う、エルフが一人……。

「あ、先生！　ちょっと待ってください、私もご一緒します！」

　ガイカクの助手（の一人）であるエルフのソシエ。

　街に向かうというガイカクを追いかけて、彼女も同行していくのであった。

2

　拠点から街に向かったガイカクは、予定通り荷車を購入した。

　もちろん一人で持ち帰れる数ではないので購入した店の人に、近くまで持っていってもらう手はずとなっている。

それでも結構な数なので、店側も準備に時間がかかるとのことであった。

「すぐ終わりましたね～……」

「そりゃそうだろ、荷車を買うだけだぞ。何でついてきたんだ、お前」

「ひ、ひどい！　先生に同行するのは、助手の務めですよ！　それに……」

にまにまと笑うソシエは、ちらちらと周囲を見ていた。

街の中なので、当然多くの人々が歩いている。もちろん多くは忙しそうにしているが、中には足を止めて噂《うわさ》をしている者もいる。

「なあ、聞いたか。あのボリック伯爵が騎士になるって話……つぶれたらしいぞ」

「もちろん聞いた。で代わりにガイカク・ヒクメっていうのが騎士団長として召し抱えられたらしいな。これは正式な発表だそうだ」

現在この街では、奇術騎士団の噂でもちきりのようであった。

「新しい騎士団は奇術騎士団……騎士養成校の出身でもなければ、軍部からのたたき上げでもない。来歴不明で、ティストリア様が直接スカウトしたんだと」

「は～……あの美人さんから直接ねえ。それだけでも羨ましいが、部下になれたってのはもっと羨ましいぜ。命令されたり褒めてもらえたりするんだろ？　たまんね～～」

「新しい騎士団が設立されたってことは、正騎士《せいきし》や従騎士《じゅうきし》……団員も別のところから引っ張ってきたんだろうな」

「ガイカク・ヒクメの部下が、そのまま団員になったんだと。はあ……俺もそいつの部下になっていれば、今頃は騎士だったのかもなあ……」

騎士団は、正義のヒーロー。エリート中のエリートだけがなれる、最高の名誉。

奇術騎士団を誰もが羨み、奇術騎士団に属していない己を嘆いている。

その声を聞いて、ソシエはニマニマして、笑いをこらえられずにいた。

「ひゅ……ひゅひゅ……ひゅ……！」

「なんだ、その笑い方。気持ち悪いぞ」

「だ、だって……町の人がみんな、私たちを羨んでるんですよ⁉　笑わずにいられますか！」

ソシエは眼《め》を輝かせながら、全身で喜びを表現しようとしている。とはいえ大声で騒ぐのは良くないという理性も働いているので、喜びを抑えようとして抑えきれていない、という雰囲気のぎこちない踊りになっていた。

「今や、国中のみんなが、私たちを羨ましいと思っている！　国中のみんなが、先生の部下になりたいって思ってる！　でも、なれない！　先生の部下は、私たちだけなんですから！」

ソシエは元々、人から羨ましいと思われたい、という気持ちがあった。

その願望を口にしていたが、今やそれが実現したのだ。なるほど、興奮しても不思議ではない。

「もういっそ、ここで私や先生で名乗ってみませんか⁉　きっとみんなが羨んで、部下にしてくださいって言ってきますよ！　それを断る先生……想像するだけで幸せです！」

「アホ、そんなことしてなんになる」

ソシエの暴走を、ガイカクはアホの二文字で断じていた。

「今のお前は、本当に騎士団の一員なんだぞ。それが『騎士になれた私ってすごいでしょ』って自慢してみろ、それこそ騎士団のイメージが下がるわ」

「う〜〜！　それはわかりますけど、でも〜〜！」

ソシエは涙目で、ガイカクに訴えていく。

「兄から生まれてこなければよかったと言われて、弟妹からも下に見られて、両親に売られた私が……騎士団に入れたんですよ⁉　自慢したいって思うのが普通じゃないですか！」

語り尽くせないほど不幸な生い立ちを叫ぶソシエ。彼女は噂の対象になるだけでは足りず、直接羨望《せんぼう》をその身に受けたいようであった。

わからないでもないが、その結果を想像すると、ガイカクは許可できなかった。

だが無理に止めると問題があるので、問題が無い場所へ向かうことにした。

「しょうがない……行きつけの店に行ってみるか？　あそこの店主は俺をガイカク・ヒクメだと知っているからな。そこに行けば、お前を直接羨んでくれるぞ」

「確かに！」

ガイカクの提案に、ソシエは速やかに乗った。

他ならぬ店主なら、ガイカクやソシエを知っている。

ただ会うだけで、賞賛してくれるだろう。

「まあもう会うこともないんだし……最後の挨拶に行くとしようか」

「はい！」

そうして二人は、奴隷市場のすみっこにある、格安訳あり弱小奴隷商店に向かった。

ガイカク・ヒクメが現れたことで、以前よりもさらにやせこけた店主は大いに慄《おのの》いていた。

「よう、店主。やってるかい」

「あ、あああ！　お、お客様‼」

ただ客が来た、というだけではない驚きよう。それに対して、ソシエは大いに笑っていた。

「き、騎士団長への就任、おめでとうございます」

（来た……来た！）

ガイカク・ヒクメなる男が騎士団長に就任したことは、彼の耳にも届いていた。

だからこそ、猛烈にへりくだり、媚《こ》びを売り始める。

自分の主《あるじ》がへりくだられるところを見て、ソシエは大いに歓喜していた。

「い、今までの無礼を、お許しください……よもや、そこまでのお方だったとは、想像もできず……！　己の不明を、恥じるばかりです！」

（それ、私も言われたい～～！　私を売った家族から、そう言われたい～～！）

ソシエはものすごくニマニマしていた。それはもう、愉快そうな顔をしている。

「お前が『引き合わせてくれた』団員が頑張ってくれてな。そのおかげだ」

「お、おどろきました……まさか、私のもとに流れ着いた彼女たちが、そこまでの力を秘めていたとは……」

（あああ～～～！）

ガイカクの細かい持ち上げが誘いになって、ソシエやほかの部下たちも褒められる形になった。

自分が、自分たちが評価されている。自分たちを知っている者が、自分たちを褒めている。

彼女の人生において、今まで味わうことのできなかった恍惚《こうこつ》であった。

「で、今の気持ちはどうだ、ソシエ」

「最高です！」

「まあ満足できたなら何よりだ」

ソシエが満足できたようなので、ガイカクとしては目的が達成できていた。

あとは少しばかりたわいもない話をして、店主に別れを切り出せば話は終わる。

ソシエもガイカクも、そう思っていたのだが……。

「よろしければ、今後ともごひいきに……」

店主はまるで、今後も付き合いが続くかのような話し方をした。

「え？」

「え？」

さわやかな別れに、暗雲が漂い始めた。

「いや、もう来る予定はないんだが……」

「そんな〰〰！」

さわやかな別れでは店主が、困るのであった。

「騎士団長サマ〜〜！　どうか今後ともごひいきに〜〜！」

今度は必死で、ごひいきに〜〜、と訴えてくる。

最高裁レベルの訴えだった。

「甘い汁とはいいませんから、私が食うに困らないぐらいの売り上げを〜〜！」

「おいお前！　まさか本当に俺以外客がいなかったのか⁉」

「……はい」

「辞めちまえ！　お前ごときが店主なんて、百年早かったんだ！」

（こういう人だから、恨む気が失《う》せるのよね……）

店主があまりにも惨《みじ》めなので、ソシエは憐《あわ》れみさえ覚えていた。

自分が幸せになったこともあって、彼にも幸せになってほしいとすら思える。

「はあ……まあいい、今日までの付き合いだ。お情けで、お前が店をたたむカネぐらいはくれてやる。今日残ってる奴《やつ》らも、ついでに面倒を見てやる」

このままではらちが明かない、ガイカクは少しばかりの仏心を見せた。

「よ、よろしいのですか？」

「どうせそんなに必要ないだろう？　まあ、もうマジでこれっきりだしな。無一文になるが、そこは自力で何とかしろよ」

「……ゼロから再出発できるなら、ありがたいですね」

泣いてありがたがる奴隷商人（最終日）。その涙は、諦めの味がしていた。

「で、どの種族が何人残ってるんだ？」

「ドワーフが二十人、獣人《じゅうじん》が十人、ダークエルフが十人です」

「……ドワーフが、二十人？」

ガイカクはここでようやく、店の中を確認した。

先日と同じく獣人やダークエルフ、それに加えて小柄な女性たちが座り込んでいる。

ゴブリンより少し年上に見える程度の身長をしており、その上で『丸い』印象を受ける、肉質のある手足。顔そのものは幼さが残るものの、しかし表情は気が強そうである。

彼女たちは、ドワーフである。

「目玉ですよ！」

「目玉過ぎるんだが……」

幼い見た目ながら意外と筋力があり、頑丈。

鉱山での採掘や金属加工に秀《ひい》で、狭い場所での作業も得意。

戦闘もこなせるのだが、後方での仕事ができる分、程度が低くても雇用されやすい。

そんなお役立ち種族が、この場末に流れてきているなど普通ではない。

「お客様はご存じないようですが、最近大きめの鉱山が涸《か》れましてね。そこで働いていたドワーフどもが、一斉に市井《しせい》へ流れてきたんですよ」

「ああ……ドワーフが飽和しているのか」

鉱山が涸れれば、さすがのドワーフたちも別の職場を探すしかない。

質のいいドワーフが溢《あふ》れれば、程度の低いドワーフなど見向きもされまい。

まともに就職できなかった結果、ここに落ちてしまったのだろう。

「まあちょうどいい、全員の面倒を見てやろう」

「ありがとうございます！」

「お前はこれから、人生をやり直すんだ。もう二度と、奴隷商人になるなよ？」

「はい！」

涙を流して感謝する元奴隷商人。

彼もこれにこりて、新しい人生を歩んでほしいところである。

３

荷車を買いに来ただけなのに、四十人もの新規雇用をすることになったガイカク。

彼は予定外の状況に、少しだけ困った顔をしていた。

「あの、先生……」

「何を言いたいのかはわかっている……騎士団になることが決まった後で新入りが来たら、反発があると言いたいんだろう。お前もさっき、そんなことを言っていたしな」

騎士団として正式に認められた後での、人員の追加。

それは騎士団になる前から属していた者たちにとって、面白くない話であろう。

「いや、それよりもその……みんな、お腹《なか》がすいているみたいなんですけど……」

「ん……あ」

だがソシエが気にしているのは、そんなことではなかった。

ガイカクとソシエに続く彼女たちは、ものすごく足取りが重い。

それは気分の問題ではなく、空腹によるものであった。

「おいお前たち、怒らないから答えろ。何日食ってない」

「……二日」

「よし、わかった。一旦食事にしよう」

面倒を見てやる、と言ったガイカクは有言実行した。

一度連れて帰ろうと思ったが、その前に食べさせないとたどり着くこともできまい。

「ダークエルフは脂っこいものがダメで、ドワーフや獣人は逆に脂身が好きだったな。ちょっとまってろ、露店で買ってやる……ソシエ、お前も手伝え」

「はい、先生！」

街中にある露店、そのいくつかを回って料理を買うガイカクとソシエ。

四十人分も買うので、いくつかの店を品切れにさせてしまった。

一度に運べる量でもないので、何度も往復する羽目になった。

「はあ……お、お、美味《おい》しいです」

「む、むぐぐ、むぐぐぐ！」

（やっぱアイツ、奴隷商に向いてなかったな……）

（この子たちも、大変だったのね……）

ガイカクが買ってきた露店のファーストフード……惣菜《そうざい》パン的な軽食を必死に食べる彼女たちを見て、ガイカクはあらためて『ああはなるまい』と思うのであった。

「あのさあ、ガイカク、だっけ？」

「ん？」

一方でもうぺろりと平らげたドワーフの一人が、ガイカクを見上げながら聞いてくる。

上目遣いのような媚びを売るものではなく、どちらかというと疑惑の目線だった。

「アタシはベリンダ……ま、アンタが引き取ったうちの一人さ。正直マジで死ぬところだったから、まず礼を言わせてもらうよ」

ベリンダと名乗ったドワーフは、仁義を通すべく頭を下げた。

だがそのうえで、挑戦的に質問をする。

「騎士団長になるって噂《うわさ》は、本当なのかい？」

「嘘《うそ》だぜ」

「……」

ベリンダの質問に対して、ガイカクは、嘘だよ、と言った。

だがあまりにも軽く言い過ぎて、一周回って『本当だよ』と言っているに等しかった。

「ああ、悪い悪い。本当に俺がガイカク・ヒクメで、奇術騎士団《きじゅつきしだん》の団長だ」

「……自分で言っておいてなんだけど、あんな店によく行く男が騎士団長ってどういうことなんだい」

騎士団長が場末の店の、お得意様になる。

どう考えても、可笑《おか》しなことであった。ベリンダが疑問に思っても、不思議ではない。

「それは……俺が天才過ぎたからだな」

「は？」

「俺は元々ボリック伯爵の下で働く、天才違法魔導士《まどうし》だった。だが天才過ぎて功績がバレてしまってな……ティストリア様にスカウトされたってわけだ！」

「……自分で天才って言うなよな」

ベリンダとガイカクの問答は、他の奴隷たちも聞いていた。

ベリンダと同様に呆《あき》れつつ、不安にもなっている。

「ひひひひ！　俺の部下になったからには、退屈はさせねえさ」

火に油を注ぐように、どんどん不安にさせようとふざけるガイカク。

怯《おび》える者を更に怯えさせて楽しむ姿は、まさに悪人というほかない。

「もう、先生！　こういうときぐらいは、悪ふざけはやめてあげましょうよ！」

そんなガイカクを、ソシエは諌《いさ》めていた。

もうすっかりお姉さん気分、先輩気分である。

「みんな、心配しなくていいわよ。私たち奇術騎士団は、そんなに悪いところじゃないわ！　先生も悪ぶっているけど、とってもいい人だから！」

（そうかなあ……）

ソシエは太鼓判を押すが、まるで説得力がない。今しがたの言動がひどすぎて、新入りの誰もが信じられずにいた。

（そうかなあ……）

ガイカク自身も、奇術騎士団や自分を『良い』と認められずにいた。

かくて……本格始動する奇術騎士団に、ドワーフ二十人、獣人十人、ダークエルフ十人が追加された。

実質最後の増員となり、ガイカク・ヒクメ率いる二百二十名が、奇術騎士団の構成団員となったのであった。

４

騎士団本部、直近の町。

騎士団の本拠地が近くにあるというだけで、特になんのへんてつもないこの町でも、新しい騎士団の噂はもちきりであった。

来歴不明であり、奇術騎士団なる珍妙な名前。

一体どんな一団かと、誰もが噂をしていた。

その噂をする人々の間を、一列の荷車隊が通っていく。

それこそ大きなお屋敷《やしき》の引っ越しのようで、大量の荷物が荷車に載せられていた。

それを引いているのは、オーガやドワーフ、人間たちである。

もちろん、奇術騎士団の団員である。

「私たちが奇術騎士団だとバレませんように……」

「最初は旗を掲げて移動しようとか言いましたけど、これはちょっと……」

人間やオーガたちは少し涙目である。

せっかく騎士団になったのに、やっていることは雑兵《ぞうひょう》のような仕事である。

これを他人に見られたくない、奇術騎士団であると気づかれたくない。

その一心で、彼女らは道を進んでいた。

「なあ、これさあ……下手したら『いつの間にか騎士団が移動していた、何の手品だろう』って思われるんじゃないか？」

「案外、奇術騎士団ってのも、蓋を開ければこんなもんかもねえ……」

一方でドワーフたちは、皮肉を言う元気は残っていた。

彼女らはまだ雇われたばかりなので、騎士団の仕事に期待をしていなかったのかもしれない。

「まあ少なくとも……兵隊の質は、とてもじゃないが『お騎士様』レベルじゃないね」

彼女らは荷車を引きながら、ちらりと後ろを見た。

エルフやゴブリンが、とてもしんどそうに歩いている。

長距離を移動したので、すっかり疲れている様子だった。

とてもではないが、新しい騎士団の一員には見えない。

「お前ら～、この町を抜けたらすぐだ。もうひと踏ん張りしろよ～～！」

一方で先頭を進むガイカクは、後方へ鼓舞する程度には気力が残っていた。

団員からすれば文句も言いたくなるが、実際に口にする気力もなく、彼女らは続いていった。

そして……。

にぎやかな街を抜けて、人通りの少ない道に入り、道はだんだん深い森へといざなっていく。

そうしてたどり着いた先には、森の中の巨大な屋敷があった。

「おお……」

長旅の目的地に着いた団員たちは、種族を問わずに感嘆した。

お世辞にもいい暮らしなどしたことがない彼女たちにとって、『お屋敷』とは遠くから見るものであって自分たちが入る場所ではない。

まして、そこで自分たちが暮らすなど……下働きという形であっても、ありえないことであった。

「お前らぁ……感嘆している場合じゃないぞ」

ガイカクは、陽気に笑っていた。

「確かにこのお屋敷は、とても立派だ。だがここは基点に過ぎない」

ガイカクは屋敷そのものよりも、その周囲の森を示した。

「俺たち奇術騎士団は、このお屋敷とその周辺の森をいただいている。つまり……ここを俺たちの拠点として、再出発する！」

ガイカクは、大いに燃えていた。

その熱気は、全員に伝わるほどである。

「今まで以上に堂々と、違法な魔導研究ができる！　禁止されている植物が栽培できるし、大規模な兵器の実験もできる！　うぉおおお！　騎士団長になってよかった～～！」

騎士団長がやってはいけないことを、全力でやろうとしているガイカク。

彼を止めるべきではないかと、団員たちは思ってしまった。だが、誰も止めることができないわけで……。

「とはいえ、最初に造るのは住居だな」

そして、ガイカクが最初に造ると言った物に、魅力を感じたわけで……。

「このお屋敷は確かに立派だし、俺たち全員が寝泊まりできるスペースもある。だが、やっぱり人間用だ。オーガには小さいし、ドワーフやゴブリンには少し大きい。各種族用の宿舎を造るところから始めよう。もちろん、個室付きだ」

自分たち種族に合った、自分用の個室のある大きな家。

それをこれから建てるということで、彼女らは思わず顔を見合わせて笑いあう。

「あ～～！　個室！　私を売った家族だって持っていなかった、個室！」

それを代表するように、ソシエが大いに身もだえしていた。

大きな屋敷で生活するというのは夢があるのだが、暮らしやすい自分の部屋というのも夢がある。

ガイカクが言ったように、オーガやゴブリン、ドワーフにとっては特にそれが望ましい。

「……で、一応聞くけども、それは大工でも呼ぶのかい」

ドワーフのベリンダは、少し嫌そうな顔でガイカクに訊《たず》ねた。

「お前たちドワーフが二十人いるなら十分だろ」

「自前かよ！　いやまあいいけどさあ……本職じゃないから、設計図とかを用意してもらわないと、家は建てられないぞ」

元は鉱山で働いていた、ドワーフたち。大工は本職ではないと言いつつも、それでも家を建てられるのは流石《さすが》ドワーフであろう。

とはいえ家の設計図を作るところまでは、専門外のようであった。

「はい、各種族用の宿舎の設計図。俺が作っておいたぞ」

「……アンタ、すげえな」

だが天才魔導士たるガイカクは、家屋の設計も専門の範囲であるらしい。

彼が作った各種族用の宿舎の図面は、ベリンダたちドワーフの目から見ても問題なさそうな代物であった。

「材料はこの森にあるもので賄ってくれ。もちろん、オーガの手を借りていいぞ」

「……なあ、ガイカクさんよ。アンタ最初から、こうするつもりでアタシらを雇ったのか？」

ベリンダは、ガイカクに疑惑の目線を向ける。

自分たちドワーフは、騎士団の一員とは名ばかりの大工としてこき使われるのではあるまいか、という疑念であった。

「いやいや、そもそも雇う予定自体なかったぞ」

「……それはまあ、そうだけどもさあ」

「それに、ウチの騎士団は平時じゃあこんなもんだぞ。他の奴《やっ》らにも、いろいろと地味な仕事をしてもらう」

「それで騎士団が勤まるのか？」

「勤まるさ。だから俺たちはスカウトされたんだからな」

5

ガイカク率いる奇術騎士団《きじゅつきしだん》が、騎士団本部付近に引っ越してから半月後。ガイカクに対して、呼び出しが入った。

騎士団本部へ来たガイカクは、当然ながら案内されるままに執務室についた。

「げひひ……ティストリア様、ご機嫌麗《うるわ》しゅう……」

「よく来てくれましたね、ヒクメ卿《きょう》。私の用意した土地は気に入りましたか」

「はい、それはもう……」

軽く挨拶を済ませると、二人は本題へ入った。

「では、仕事の依頼です。アルヘナ伯爵領とワサト伯爵領間の道で、山賊が横行しています。コレの取り締まりを、貴方《あなた》にお願いしたい」

「……騎士団に回ってくるにしては、いささか平凡な仕事ですな。なにかいわくでもあるのですかね」

騎士団最初の任務が、山賊退治。ガイカクが平凡というのも無理はない。

そもそもそれぐらいなら、現地の領主が解決しているはずだろう。

そうなっていないのだから、なにがしかの問題が生じていると考えるべきであった。

「明確な被害が出ているにもかかわらず、両伯爵はこれといった対策をとっていません。今回の依頼も伯爵からではなく、両方の領地の市民たちからによるものです」

二つの領地の中間で問題が起きているにもかかわらず、そのどちらもが対応をしていない。なるほど、異様なことであろう。

領民を守るべき領主が、悪事に加担しているとしか思えない。

あるいは加担を通り越して、悪事を主導しているか。

「どちらか片方、あるいは両方が山賊を支援しているのでしょう。情報によれば、アルヘナ伯爵が怪しいそうです」

「その情報が本当ならば、ワサト伯爵も潔白でありながら特に手を打っていないと。世も末ですなあ……げひひひ」

やや小ばかにしたような笑いだが、フードに隠れたその顔は神妙だった。

なにせ自分もそうだっただけに、現地有力者とのコネがどれだけ強いのか理解しているのだ。

「しかし、山賊を使って物流を阻害、というのはいささか過激で陰湿。伯爵様というご身分の方々がやることにしては、少々品がないかと。どのような由来なのですか？」

「それについては、私の元に資料があります。どうやら二人の不仲は、近隣では有名な様子。なんでも利《き》き酒大会でアルヘナ伯爵が負けたとか」

「き、利き酒大会とは……まあ趣のあるお遊びなのでしょうが……」

利き酒大会というからには、お酒の銘柄やら産地を当てる遊びであろう。

大酒飲み大会みたいな死人の出そうな大会よりは、まあ趣があると言えなくもない。

「しかし、利き酒大会の勝ち負けで山賊行為の支援をするとは……他の因縁を勘繰りたくなりますすな」

「いえ、本当にソレだけの様子。どうやらお二人とも、酒などについてはこだわりが強いそうで」

「……なるほど」

当人たちからすれば、大事で譲れないことなのだろう。

だが他人からすれば、本当にどうでもいいことだった。

まして巻き込まれている被害者からすれば、たまったものではあるまい。

「ではワサト伯爵が見逃している理由も、察しがつきますなあ」

利き酒大会で負かした相手が、腹いせでしょっぱい嫌がらせをしてくる。

性格によっては、それを愉快に思うこともあるだろう。

「ん……一応確認なのですが、お二人ともどの程度の『腕前』で？」

「ワサト伯爵が優勝、アルヘナ伯爵が準優勝だったそうです。他にも趣味人が多く参加しており、特に不正などはない公平な大会だったようです」

公平な大会の結果に不満を持って、陰湿に違法行為をしてくる……というのは皮肉だった。

まあフェアなスポーツ大会の結果に不満を持って、大規模な暴動が起きることもあるので、ないとは言いにくい。

「ふむ……一応確認しますが、解決の定義は『山賊の捕縛ないし殺害』ですよね？」

「山賊行為が横行しないようになれば、それでも良しとします。それが依頼をしてきた者たちの願いなので」

「承知しました、それでは……」

ガイカクは、にっこりと笑った。

「奇術騎士団の名に恥じぬよう、手品のように解決しましょう」

6

騎士団本部から奇術騎士団の拠点に戻ったガイカクは、団員を集めて任務の説明を行っていた。

いったいどれだけ凄《すご》い依頼なんだろう、と思っていた彼女らは、内容を聞いてがっかりする。

「ということで……奇術騎士団初めての任務は、領主と癒着している山賊退治になる」

「え～……いままでと大して変わらないじゃないですか～～……」

「もっとこう……騎士っぽい任務がいいですぅ！」

「あほか。新人の俺たちに、たいそうな仕事は回ってこない。細かく任務をこなして、信頼と実績を積み上げるんだよ。騎士らしい仕事は、その後だ」

不満を漏らす者たちを、ガイカクは軽く一蹴する。

「それに今デカい仕事が来たって、何にもできないだろうが。まだ拠点の整備もできていないんだし、これぐらいで有難《ありがた》いと思え」

ガイカクたちに割り当てられた土地には、元々大きな建物が一軒あった。

最初はそこにすべての荷物を置いて、すべてのメンバーを泊まらせていた。

だが当然不便であるため、周囲の土地に新しく施設を建設し、充実を図っている最中である。

「今回の任務で連れて行くのは、夜間偵察兵隊《ダークエルフ》二十人と高機動擲弾兵隊《じゅうじん》二十人だけだ。他の団員は、薬草を栽培するための畑を耕すとか、新兵器開発の準備とか、各種族用の家を建てることに専念してくれ」

二百二十名からなる奇術騎士団のうち、連れて行くのは四十名だけだという。

それを聞いて不安に思ったのは、ドワーフと一緒に入団した、新入りの獣人《じゅうじん》とダークエルフだ。

（二十人ってことは……私たちも!?）

特になんの訓練も受けておらず、ただ雑用をしていた彼女たちは、いきなり『山賊退治』に連れていかれることに不安を隠せずにいる。

一方で、不安ではなく不満を持っている者もいた。やはり、ドワーフたちである。

その二十人を代表して、ベリンダがガイカクへ質問を投げていた。

「ああ、そのなんだ、ガイカクさんよ。いきなりでなんだが、アタシも同行していいか？」

「……いや、ドワーフを連れていく予定はないぞ。それにドワーフはむしろ率先して、拠点造りに精を出してほしいんだが」

「ついていくのは、ドワーフの中じゃあアタシだけさ。正直言って、アンタの手並みを拝見したくてね」

　なんとも偉そうな新参者がいたものである。

　だがガイカクがどう解決するのか、興味を持つことは当然だった。

　実際のところ、いくら相手が『普通の山賊』とはいえ、たったの四十人でどう対処するのか。ガイカク以外の全員が、まったく見当もつかなかった。

　他の新人たちは聞くこともできず……。

　古株の団員たちはガイカクの有能さを知っているので、深く聞く必要が無いと思っているだけである。

「ん～……まあ、お前たちが話し合っているんなら、ついてきていいぞ。確かに、俺の手並みを見てほしくもあるからな」

「よし、決まりだな。話が早くて助かるねえ」

　ドワーフたちは、豪快で頑固だ。だからこそ事前に話し合った提案を持ってくるときは、それを強く押し通そうとする。

　ガイカクはそれをわかっているので、そのまますんなり受け入れていた。

「はいはいはい！　そういうことなら、私も同行したいです！」

　ついで挙手をしたのは、ソシエであった。

「新人への指導も、先輩の務めですよね！」

「……まあいいが」

ガイカクはそれを許した。無理に反対するほどの理由は、彼にはなかったのである。

「……で、領主サマと癒着している山賊を捕まえるってのは、どうやるんだい？」

同行する人数が決まったところで、ベリンダは質問をした。

「なに、正攻法さ。領主に賄賂を贈って、山賊を売らせるんだよ」

「……いやまあ、たしかに正攻法ではあるんだろうけどもさあ」

ベリンダの質問に、ガイカクはあっさりと答える。

確かにそれなら話は早いが、山賊を主導する貴族がそんなものをあっさりと受け取るだろうか。

いくら『内密に済ませますので』といっても、犯行教唆を認めるわけがない。

「まあそう心配するな……俺の造った酒を持っていけば、相手も心を開いて協力してくれること請け合いだ」

邪悪に笑うガイカクは、底知れぬほどの自信をみなぎらせて、自分に任せろと説くのであった。

7

ガイカク・ヒクメは、騎士団長としての正式な初任務に挑んでいた。

彼が手勢を率いて向かったのは、ワサト伯爵の元だった。

言うまでもないが、交渉事で大変なのは会うことである。

これはただ出会うということではなく、相手に『ちょっと話を聞いてやろう』と思わせることも含める。

だがここでは、そこで躓《つまず》くことはなかった。

ワサト伯爵はガイカクが来たと知るや否《いな》や、自らの執務室に案内し一対一で話をしようとした。

これは密談をしたいということだけではなく、自分は潔白なので攻撃されることはない、という意思表示でもある。

もちろんワサト伯爵が、密談をしたい気分だった、ということもあるのだろうが。

「どうも、初めまして。私は奇術騎士団《きじゅつきしだん》団長、ガイカク・ヒクメ……ティストリア様の忠実なるしもべでございます」

「ははは！　その言い方は、やや卑屈ですな……しかし羨ましくはある。あの才女から直接命令を受けるなど、それこそ男の夢でしょうなあ」

（それにしても、伯爵、という意味ではあのデブと同じなんだが……凄い普通だな）

ガイカクは魔導士《まどうし》であり、医学にも精通している。

その彼からすれば、以前の主《あるじ》であるボリック伯爵は健康に問題があるレベルの肥満体であり、目の前のワサト伯爵はやや運動不足気味な程度の標準体形だった。

年齢は三十代後半、というところだろう。伯爵という仕事からすれば、やや若い年齢であった。

「私としては、噂《うわさ》の新鋭騎士団長が、いかにしてティストリア殿とお会いしたのか知りたいところだが……我が領地の窮状を思えば口にはできないな」

「ええ、民からの陳情がティストリア様の耳に入るなど……よほど嘆かわしいものなのでしょう」

「ははは！　今まさに、耳が痛い。耳が遠い振りをしていたら、一周回ってこうなるとはな……いや、怠惰で申し訳ない。おかげで、こうして密談風にしている」

「……理由をお伺いしてもよろしいですか？」

「いや……そうだな、貴殿はどう思っていらっしゃるのか聞きたい」

どうやら自分の口からは言い難《にく》いらしく、ガイカクに語ることを求めた。

「そうですなあ……まず貴方《あなた》は、今回の山賊騒ぎの元凶が、噂通りにアルヘナ伯爵だと思っていらっしゃる」

「ほう」

「お二人の因縁は、噂通りに『利《き》き酒大会の勝敗』しかない。だがだからこそ、貴方はそれを放置した」

「ほう」

「敗者であるアルヘナ伯爵が悔しがって、こうして陰湿な嫌がらせをしてくる。それが嬉《うれ》しくて……効いていないというアピールをしたくなった。そんなところですかねえ？」

「ははは！」

　やや恥じらいつつ、開き直り気味に、ワサト伯爵は笑った。

「私は元々彼に酒を習いましてね、当然ながら彼の方が上でした。ですが……あの大会で、ようやく勝てた。それが嬉しかったのですが……彼が悔しさなどおくびにも出さず、紳士的に『おめでとう』と言ってきたことが……残念でして」

「大会というからには、名士もいらしたのでしょう。ならばこそ、伯爵としての振る舞いをなさったのでは？」

「ああ、それはわかっている。だがね……正直に言えば、その体面が保てないほど、悔しがってほしかった」

実際に見たらドン引きするかもしれないが……。

大の大人が、子供のように喚《わめ》き散らす。そんなみっともない姿でいてくれたら、勝ったことにより一層の喜びがあっただろう。

ワサト伯爵はそう思ったのだ。

「勝ったのに、負けた気分だったよ。それこそ、器量の差を見せつけられた気分だった。だが……それでこの騒ぎだ。正直に言って、にたあ、と笑ってしまった。すました顔をしていたくせに、実はめちゃくちゃ悔しがっていたのか、と」

「悪い人ですなあ……」

「いや、まったく。性格の悪い話だ」

ワサト伯爵の舌は、ずいぶんと滑っていた。

普通の騎士団が相手ならこうは言わなかっただろう、ガイカクの振る舞いがそうさせたのかもしれない。

「陰湿な嫌がらせをされても反応をしなかったのは、逆に器量の差を見せつけてやろう、もっと悔しがらせてやろう、という浅ましさだったが……それで領民の声が騎士団に届き、貴殿の手を煩わせたことは申し訳なく思っている」

（いやまったく、その通り）

ガイカクは少し、というか結構嫌な顔をしていた。

フードで隠していて正解、と思わずにいられない。

とはいえ、仕事は仕事。ガイカクは努めて冷静に、話を切り出した。

「私も正直に申し上げて、すべての真実を明らかにするつもりはありませぬ。仮に私がすべてを暴《あば》いても、恨みを買うばかりでしょう」

「……そうだな、面倒をかけてすまない」

「新参者の私としては、お二人が和解なさってくれることを願うばかり……」

「……簡単ではないな」

「ええ、おっしゃる通り。なので少しお伺いしたいことが」

ガイカクは、今回の作戦の肝について、確認を始めた。

「ワサト伯爵、貴方はアルヘナ伯爵からお酒を習ったと」

「ああ、その通りだ。ただ飲むだけではなく、味わい方や……利き酒のコツなどをな」

「彼は、本物の酒好きですか？」

この言葉には、ワサト伯爵はやや顔をしかめた。

それこそ、質問をすること自体が失礼、という質問である。

「ああ、そうだ。その点に関しては、私が保証する。彼は酒が好きだ」

「ありがとうございます、それだけ伺えれば十分。私の策は成るでしょう」

「どうするつもりだ？」

酒が好き、というのにも種類がある。

酔うのが好き、という者がいる。

皆で飲むのが好き、という者がいる。

ただ高い銘柄を集めて自慢したい者がいる。

酒が好きだとアピールして、自分を高く見せようとする者がいる。

「ワサト伯爵……私は騎士団長、それゆえに見逃してもらえる悪事もございます。その中に『酒の密造』という可愛《かわい》い悪事もございまして……」

酒も食品であり、体の中に入れるものである。

国や地域によっては免許が必要になるし、国から許可を得なければならないこともある。

もちろん、税の対象にもなる。

そうした国で酒を無許可で造れば、それはもちろん違法行為だ。

「貴殿の造った密造酒で、かの御仁を納得させると？　先ほども言ったが、アルヘナ伯爵は酒好きだ。よほどの酒でも……」

「もしも、尋常の手段では手に入らぬ、違法の酒であれば？」

「……なに？」

ガイカクは違法魔導士、それゆえに用意できる物もある。

「法律によって、製造が固く禁じられている酒……それならば彼の『心』を動かせるでしょう」

「まて、貴殿は何をするつもりだ？」

美味《うま》すぎるがゆえに、万人に愛され過ぎたがゆえに、法律で禁じられた酒がある。

ガイカクの魔導によってよみがえったそれが、白日の下にさらされるのだ。

「真の酒好きだけを狂わせる品を、アルヘナ伯爵へお出しするのですよ！　貴方がご期待したように……さぞおののき、醜態をさらしてくださるに違いない！」

8

奇術騎士団団長が、自分の領地へ来る。

ティストリアを通して正式に通知が来た時から、アルヘナ伯爵は大いに焦《あせ》っていた。

なぜ焦っているのかと言えば、彼は周囲の疑い通り実際に悪事の黒幕だからである。

アルヘナ伯爵は山賊団を雇い、ワサト伯爵との間の交易を妨害していたのだ。動機も噂になっている通り、利き酒大会で負けた腹いせである。

なので腹を探られると、大変に困る。彼は大いに慌てて、隠ぺい工作に走った。

まず雇っている山賊団をいくつかの空き家に分けてかくまい、騎士団が帰るまで隠れるように命じた。もちろん、水や食料、いくばくかの金を渡した後でである。

だがもちろん、それでも彼は安心していない。相手は騎士団、どこから真実に到達しても不思議ではないのだ。

可能な限り疑われないように騎士団を歓待しつつ、『最近出ませんな』『騎士団が来たので解散したのでしょう』という方向に決着させなければならない。

それはそれで解決と言えなくもない、少なくとも言い張ることはできる。

実際のところ一般人も『騎士団が討伐に来たから解散して逃げた？　そりゃそうだ、俺でもそうする』と納得する。

被害者としては加害者になんの罰もないことに腹を立てるだろうが、本当に逃げ散ってはどうしようもないので泣き寝入りとなる。

それを目指す形で、アルヘナ伯爵は計画を練っていた。

まずその一手として、直接、二人きりで会わないようにしたのである。

「ガイカク・ヒクメ卿《きょう》がいらっしゃるということで、ちょっとしたパーティーを催すことにした……それは伝えてあるかな？」

「はい、快く招待を受けてくださいました。いささか、いえ、不気味なほど下手《したて》でしたが……」

アルヘナ伯爵は、最近代替わりをした若い執事と打ち合わせをしていた。

その執事にも自分の悪事は隠しているため、悟られまいと振る舞っている。

「そうか……私見を聞きたいが、どうだ、怪しかったか？」

「はい、とんでもなく」

ぶっちゃけ、ガイカクは怪しすぎた。

それはアルヘナ伯爵にとって、とても好都合であった。

「何と言いますか……とてもではありませんが、騎士団長には見えません。本当に噂通りに、正体不明を装《よそお》うとしています。役者が『怪しい男』を演じているようで……」

「そうか……ならば一対一で会うことは避けるべきだな」

「賢明かと」

（いぃよっし！）

アルヘナ伯爵、四十代前半。

既に孫もいる男は、心の中でガッツポーズを決めていた。

自分から率先して『何があっても二人っきりにならない！』とか言い出したら執事からも怪しい目で見られる。

だが執事から見て、あるいは他の者たちから見ても『二人っきりにならないほうがいいですよ』と思われるガイカクが相手なら、自然な感じにできた。

「そうか……騎士団長と一対一で会わないというのは有罪を疑われかねないが、相手がそうならば仕方ないな」

「ええ、そうした方が賢明かと」

「ワサト伯爵は直接会ったというが……その差が、心証を悪くしないだろうか？」

「それは若さゆえの蛮勇でしょう。アルヘナ伯爵様は、危ない橋を渡るべきではありませぬ。聞くところによれば、ティストリア様さえも彼に操られている……という噂《うわさ》さえあるのです」

「市民の根拠がない噂は、酒宴の笑い話ぐらいにとどめておけ」

「も、もうしわけありません！」

（しめしめ……）

アルヘナ伯爵、四十代前半。

自分の子供と大差のない執事との会話で、内心小躍りしていた。

「とはいえだ……警戒をするに越したことはない。失礼にならない範囲で、疑ってかかるとしよう。何かおかしなことはあったか？」

「はい、怪しい申し出がありました」

「……いっそすがすがしいな」

アルヘナ伯爵、四十代前半。

ことがあまりにも順調すぎて、いっそびっくりするほどである。

「実は、歓迎のパーティーに自分からも品を出したいと……」

「ほう、何をだ？」

「酒です」

「……もしや私は、バカにされているのか？」

アルヘナ伯爵は、呆《あき》れた顔をしていた。

アルヘナ伯爵が大の酒好き、いやさ酒に精通していることは有名である。

まったく隠していないし、むしろ宣伝さえしている。

だがさすがに、怪しい男が持ってきた『お酒』を無条件で飲むほどバカではない。

なんか酒を出せば飲むだろうとか、酒を出せば気前が良くなるだろうとか、酒を出せば罪を認めるだろうとか……会ったこともない奴《やつ》に思われていたら、さすがに心外である。

「おっしゃりたいことはわかります。とはいえ、押し返すのも変な話でしょう」

「それはそうだな……自分が主賓となるパーティーに酒を出すのは、主催者である私が酒好きであることを抜きにしても普通だ」

「それに……ボトル一本ではなく、樽《たる》二つをこちらへ渡してきたのです」

「パーティーの参加者全員へ配れる量か？」

「はい、十分いきわたるかと……」

例えばワインボトル一本を渡してきて『伯爵様お一人で飲んでください……お一人でだけですよ』とか言ってきたらそれこそ疑うどころではない。

だが樽二つを渡してきたのだから、パーティーに参加した全員を巻き込む気概でないかぎり、毒の類《たぐい》は入っていまい。

「……銘柄は？」

「は？」

「銘柄だ。まあいくらでも偽装は利《き》くが……」

「自分のところで造っている酒、とおっしゃっていました。私に耳打ちして『密造酒です』とまで……」

「……私も他人のことをとやかくは言わんが、堂々と密造だと言うのは凄《すご》いな。で、一応確認するが、毒見は済ませたか？」

「はい、それはもちろん。パーティーに出す料理と一緒に食べた時の反応なども見ましたが、何もおかしなことはありませんでした。一定時間、経過も観察しましたが、特になにもなく……」

「そうなると、出さないわけにはいかないな……いや待て、当たり前すぎて確認しなかったが、味はどうだ？　よほどマズければ、それを盾に取って断れるだろう？」

　さて、酒好きの伯爵である。

　しかも後輩へ酒を教えるほどの酒好きである。

　その彼の執事である若者も、当然酒を教えられていた。

　その執事は、にやりと笑った。この時の彼は執事ではなく、酒の感想を言う若者だった。

「素人《しろうと》が造った、というのは本当だと思いました。その、少し雑味があると言いますか……」

「まあそれはそれで趣はあるがな……」

「ただ、それを含めても美味でした。香りも芳醇《ほうじゅん》で、度数も控えめ。年配の方からお若い女性まで楽しめる酒かと……しかし、今まで飲んだことのない酒でした。その点は、怪しく思いましたが……」

「……お前にそこまで言わせるとはな」

伯爵はこの執事に、高級品も含めて多くの酒を試飲させている。

それはコレクションを自慢する意味もあるし、教養を持たせたいという目的もあった。

その執事が知らない、飲んだことがないというのだから、下手をすれば自分も知らない酒である可能性さえあった。

「いかがしましょうか？　料理の味に合わない、ということもできますが……」

「それはそれで、我が家の沽券《こけん》にかかわる。というか、ここまで来ると私も飲みたくなってきたぞ」

「も、申し訳ございません！　そのかすような真似《まね》を！」

「構わん。どのみち、無礼のないように接さなければならないのだしな」

なんだかんだ言って、身元はティストリアが保証している。

彼女の推薦した者が出してくる酒が露骨に危険ということはあるまい。

などと自己弁護しつつ、彼は山賊の黒幕であることなど忘れて、酒宴を待っていた。

9

さて、アルヘナ伯爵の居城である。

そのパーティー会場には、その地の名士たちが集まっていた。

彼らの目当ては、もちろん主賓だ。

現在噂になっている『奇術騎士団《きじゅつきしだん》団長、ガイカク・ヒクメ』である。

「げひひひ！　騎士総長《きしそうちょう》、ティストリア様の忠実なるしもべ！　奇術騎士団団長、ガイカク・ヒクメにございます！　紳士淑女の皆様！　どうかよろしくお願いします！」

（凄いな！　本当に噂通りだ！　道化師にしかみえない！）

（こんなんで騎士団長が勤まるのかよ⁉　俺でもいけるんじゃねえの⁉）

（奇術云々《うんぬん》はまったくそのとおりだが、騎士団にふさわしいとはとても……）

絵に描いたような色物芸人を演じるガイカクをみて、紳士淑女たちは慄《おのの》いていた。

これが騎士団の団長、それも騎士総長の推薦だというのだから驚くしかない。

いっそそういう設定の芸人なのだと思いたいところだが、本当に騎士団の団長なのだから笑えない。

「この度は皆さまのために！　私秘蔵の酒をお持ちしました！　紳士淑女の皆様、どうぞお楽しみくださいい！」

さて……酒である。

酩酊《めいてい》させる効果をもつ、一種の薬と言っても過言ではない。味次第ではアルコール度数をごまかして、気になる相手をベッドへお持ち帰りすることもできる。

普通の酒でもそうなのだから、悪意を持って何かを仕込めば、それこそ殺すこともできるだろう。

だがしかし、この場はそんなことがなかった。

なにせ一応とはいえ、騎士団長が出した酒。しかも領主の宴《うたげ》で、不特定多数が、同じ樽から酒を配られている。

それこそ全員をまとめて毒殺する気でもない限り、作為を持たせるなど不可能だ。それこそどんな手品師でも不可能だろう。

さて、高級なガラス製のグラス。

酒を注がれたそれを手に、客たちはクイッ、と飲んでいく。

「まあ……」

「おお……」

男女問わず、うっとりとしていた。

アルヘナ伯爵ほどではないにしても、舌の肥えた客たちである。

彼ら彼女らが等しく、酩酊ならぬ陶酔に浸っていた。

「とても飲みやすいわ……香りもいいし、なんのお酒かしら？」

「酔狂な振る舞いをなさるお方だからこそ、奇をてらう酒かと思ったが……ははは、逆に意表を突かれましたな」

「でも、さすがはアルヘナ伯爵へお出しする品ね。私では何の酒か、さっぱりわからないわ」

「ああ、だがいい酒だ。下品に度の高い酒ではなく、かといって気難しくもない。どんなつまみにも合いそうで……悪酔いもしそうにないな」

何かの漫画のように、オーバーリアクションはない。

しかしその一方で、誰もが心底から、この酒は美味《おい》しいと褒めていた。

伯爵家のパーティーに呼ばれている者といっても、年齢や性別は異なっている。ならば嗜好《しこう》はそれぞれ違っているはずだった。

にもかかわらず全員が『普通においしい』と褒めているのは、一種奇妙にも思えた。

（さすがに考えすぎだな……）

そう思いかけたアルヘナ伯爵は、自嘲しつつ考えを改めた。

伯爵家のパーティーで、騎士団長の出したお酒が、特に味が濃いわけでもなく度が高いわけでもないのなら、普通は普通に褒める。

よって、アルヘナ伯爵は少し安心していた。

　そしてここで、ガイカクへ話しかけた。

「ガイカク・ヒクメ卿《きょう》。どうやら皆様は、貴方《あなた》の品に満足しておいでのようだ」

「おお、伯爵！　皆様が喜んでくださり、私も安心しておりますですはい！　伯爵様のテーブルを汚《けが》さずに済み、安堵《あんど》以外に言葉がありませぬ！」

「……お恥ずかしい話ですが、私は少々疑心暗鬼に陥っていたようだ。貴方が酒に無粋なものを混ぜる輩《やから》だと警戒し、今の今まで飲んでいなかったのです」

「おお……」

「まあ、パーティーに出されるまでは内緒だった、ということで」

「はい、わかっておりますとも！　では利《き》き酒など、期待してもよろしいので？」

「ええ、応えさせていただきます」

　出席者の誰もが、既に酒を飲んでいる。

　誰もかれもが、『飲んだことがない酒だ』と首をひねっている。

　さて、満を持して、利き酒の名手がその酒を飲もうとしている。

　来客たち、およびガイカク、そして屋敷《やしき》の者たちは全員がその姿を見ていた。

「ではまず、皆さんがお褒めになる香りから……」

　まるでソムリエのように、彼はグラスに鼻を近づけた。

そしてごく普通に、その匂いを確かめる。

誓って、彼は、それしかしていなかった。

ガイカクがカーテンで隠していたとか、そんなことはなかった。

衆人環視の前で、ガイカクの協力者でもなんでもないアルヘナ伯爵は、本当にソレしかしなかった。

彼は、酒を一滴たりとも飲まなかったのだ。

「⁉」

その瞬間、アルヘナ伯爵の顔色が変わった。

伯爵であり、孫がおり、パーティーの主催者。

そんな彼は、全員の注目を集めている中で、奇声を押し殺しながら顔をひきつらせた。

「な……あ……あ⁉」

そしてぎこちなく、ガイカクを見る。

まるで背中を刺されたかのように、彼は血相を変えていたのである。

「き、き、きさま⁉」

その姿に、来客たちも驚いていた。

「なんでしょうか、伯爵様？」

ガイカクだけは、とぼけていた。

だがそのとぼけ振りが、あまりにも雄弁だった。

計画通りに事が運んでいると、大いに笑っていたのだ。

「おい！　お前たち！　これは本当に、同じ酒樽《さかだる》から出したものだろうな⁉」

「は、はい！」

「そ、そんなバカな⁉」

伯爵は取り乱しながらも震える手を押さえつつ、酒が入ったままのグラスをテーブルへ置いた。

そしてそのまま、一切の礼儀を忘れたかのように、他の客が飲み干したグラスを奪い取り、その中に残った匂いを確認していく。

「ばかな、ばかな、ばかな⁉」

淑女の持っていたグラスにさえも、彼は鼻を突っ込んでいく。

あまりにも下品な行為に見えたが、それを誰も咎《とが》めない。

彼の振る舞いが、どうにも異様だったからだ。

普段のアルヘナ伯爵を知るものからすれば、震天動地の異常である。

「ばかな‼」

「何をそんなに不思議がっておられるのですか、アルヘナ伯爵」

だがガイカクだけは、ほくそ笑んでいた。

「あの酒を、お下げしましょうか？」

「やめろ‼」

異様だった。あまりにも、異様だった。

例えば彼が最初に酒を飲んで、同じように取り乱していたのならわかる。

その酒に、何かの仕掛けがあったのかと考える。いや、それしか考えられない。

だがしかし、既にほとんどの客がその酒を飲んでいる。にもかかわらず、誰にも何も起きていない。

全員が心配になって互いを見るが、少なくとも興奮状態にはなっていない。

（彼の酒だけに、何かを混ぜたのか？　匂いだけで正気を失うような、危険な薬を……）

（いや、それはないだろう。グラスはこの屋敷のもの、私たちが使っているものと同じだ。伯爵専用の特別なグラス、というわけでもない）

（それに樽から酒を注いだのも、グラスを運んでいたのも、この屋敷の人間だ！）

（買収された？　いや、それにしては……屋敷の使用人全員が青ざめている）

一体何が起きているのか、全員わからなかった。

いや、わかっているのはガイカクと……。

「いかがしましたか、伯爵。よろしければ、残ったもう一つの樽も開けていただこうかと思っているのですが？」

「……！」

他でもない、伯爵自身だった。

そう、アルヘナ伯爵は正気を失っていない。

ガイカクを除いて、彼だけが状況を、異常を把握している。

「……」

彼は努めて、冷静になろうとした。

その姿を見て、客たちや使用人たちも安堵する。

彼が次に何をするのか、黙って見守っていた。

「たいへん、たいへん、お見苦しいところをお見せした」

なんとか彼は取り繕おうとしてきた。

正直言って何も隠せていないが、なんとか正常な状態に戻そうとしている。それだけは、ありがたいことだった。

「ガイカク殿、この酒についてですが……よろしければ、後ほど……個室で、一対一で答え合わせをする場をいただきたい」

「げひひひひ！　伯爵様！　望むところにございます！」

伯爵が自ら『一対二』で問答をしたいと言い出したことに、使用人たちや、一部の来賓たちも驚きを隠せない。

この怪しい男と、密談をしようという気が知れないのだ。

それもこのパーティーの場で、誰もが聞いている前で約束をするなど普通ではない。

「これだけの酒を出されては、私もコレクションの一部を開かねばなりますまい。お前たち、コレクションのボトルを、『上』からもってこい」

「は、はっ‼」

「おお……では私がさらに酒を出しては多くなりすぎる。酒は適量を楽しむのが紳士……私のもう一つの樽は、そのままということで」

一体何が起きているのか、二人以外は把握できない。

そしてだれもかれもが、奇術騎士団《きじゅつきしだん》の意味を知るのだ。

(どんな手品を使ったのだ⁉)

10

誰もが困惑する中、酒宴は終わった。

伯爵は使用人や家族から心配されつつも、しかしそれらを説き伏せて、個室にガイカクを招いた。

彼の城の中にある個室に、ガイカクと伯爵自身の他には、空になった酒樽と、まだ中身の入っている酒樽しかない。

「伯爵様……いやあ、まさかあそこまで取り乱してくださるとは……。正直に言って、感無量。道化冥利《みょうり》に尽きます」

「道化、冥利？　それこそ悪い冗談だ、酒落《しゃれ》が利いているどころではない……！」

笑っているガイカクに対して、伯爵は怒りのような、困惑のような感情を向けている。

「貴殿は、一体何者だ⁉　なぜあんなに、あれだけ……大盤振る舞いができる！」

伯爵は自分のグラスの香りを嗅いだ後、あわてて他のグラスを確かめた。

自分のグラスと他人のグラスには、別の酒が入っていたはずだと。

そして伯爵は確認したのだ、全員に同じ酒が配られていたと。

「貴殿が皆に振る舞った酒は……そしてこの樽に残っている酒は！　歴史に消えた三大希

酒が一つ！　キャララであろう！」

「げひひひひひひ！　如何《いか》にも！　製造することが法で固く禁じられた、ご法度《はっと》ものの酒にございます！」

アルヘナ伯爵が見抜いた通り、ガイカクが振る舞った酒は『キャララ』であった。『三大希酒』に数えられる違法な酒である。

アルヘナ伯爵は、利き酒を成功させていた。だからこそ、ここまで驚いていたのである。

「この世に出て禁じられた物には！　必ず相応の理由がある！　それは、万人が納得する理由とは限らない！　しかし、しかし、しかし！　このキャララ、聞けば万人が納得するしかない理由で、製造が禁じられた酒にございます！」

このキャララ、製造が禁じられた酒である。

なぜ製造が禁じられたのか、その理由は早々思いつくものではない。

麻薬のごとき中毒性がある？　否《いな》。

実は有毒である？　否。

敵国で発案された酒なので、戦時中に禁止された？　否。

口噛《くちか》みの酒がごとく、不衛生に思われる製法だった？　否。

それらのように、ぱっと思いつく理由ではない。しかし聞いてみれば……。

極めて単純で、わかりやすく、議論の余地がない理由である。

「当然知っている！　キャララの木が、原木が絶滅したからだ！」

三大希酒が一つ、キャララ。

この酒の特徴は、『樽』にある。

この酒の名前の由来となった、『キャララ』という木を使った樽で熟成させたこの酒は、同じ材料で造った酒よりも味が良く、香りもよくなるという。

そのキャララという酒の製造が禁止されたのは、キャララの木が伐採され過ぎて絶滅しかけたからである。

「ええ、その通り！　キャララという酒は、老若男女《ろうにゃくなんにょ》に人気が爆発。それゆえにキャララの木で作った酒樽の需要が高まり、乱獲伐採が極まってしまった。その結果資源の枯渇《こかつ》が心配され、国家の法によって製造が禁じられました。しかし時すでに遅し、枯渇寸前だからこそかえって需要が高まり、密猟ならぬ密伐採まではじまって、ついには絶滅と相成りました」

国家は歯止めをかけようとして、法律で製造を禁止した。だが間に合わず絶滅し、法律だけが残った。

その酒自体に罪はないが、しいて言えば美味《おい》しすぎたことが罪だったのだろう。

そのとばっちりを受けたのが、酒樽の原材料となったキャララの木なのだから笑えない。

「しかし、酒そのものは、誰でも親しめる美味しいお酒。飲むことも所持することも違法とはならなかった。加えて酒という物の都合上、長期保存も可能だった。それゆえ味を知るものも……いないではない。貴方《あなた》もその一人のようで」

「……若いころ、父に飲ませてもらった。父が『特別な酒だ』と言ってな……初めての酒だった」

アルヘナ伯爵は、亡《な》き父をしばらく想《おも》った。

だがそれをすぐに切り替えると、ガイカクをにらむ。

「私でも、飲んだのはその一度きりだ。はっきり言って、とっくに飲み干されているはずだった。品のない言い方をするが……もしも樽一つがマーケットに出れば、値段が付かないほどの品になるだろうな。もちろん、いい意味でだが」

「ははは！　みなさん、大騒ぎが好きですからねえ！　珍しいというだけで、値段をふっかけあうでしょう！」

「貴殿はそれを、惜しげもなく振る舞った。その銘柄さえも告げずに……正気とは思えん」

希少価値を知るものからすれば、宝石の詰まった袋を配るよりも無茶な大盤振る舞いだった。

だからこそ、アルヘナ伯爵は仰天し、全員のグラスを確認したのである。しかも、……若い樽だ。

「いや、正気かどうか以前に……なぜ二つも樽を持っている。しかも、……若い樽だ。倉倉庫にたまたま残っていた樽を見つけた、というわけではあるまい！

「そこまでわかりますか？　まあ現物がここにありますからね」

「……まさか、貴殿は」

「げひひひひひ！」

ガイカクは、愉快そうに笑った。

「私は、キャララの木の苗を持っております」

「〜〜！」

「もちろん、今後も植林の予定があります。つまり私にとって、あの樽はそれなりに用意できるもの。売りさばくほどの量はありませんが、こうして宴《うたげ》で振る舞うには十分な量を生産できます」

場合によっては、殺人事件が起こりそうな話だった。

下品な話だが、それだけの金額が動きうるのである。

「まあ普通なら詐欺と笑うところですが、こうして現物を見た貴方は、疑うことはありますまい。いえ、疑ったとしても、もう一つの樽については信じてくださるはず」

「……」

「お譲りしても、かまいませんよ?」

ここに来て、アルヘナ伯爵は冷静になっていた。

「……一応、言っておく」

「なんでしょうか?」

「いろいろとあけすけな言い方をするが、まさか『この酒が欲しかったら、すべての罪を被《みとめろ》れ』などとは言うまいな?」

これは、当初の話に戻る。

いくら酒が好きだと言っても、いくら思い出の酒だと言っても、これで何もかもを投げ出すか、という話だ。

アルヘナ伯爵も、そこまで馬鹿ではない。

「まさか」

ガイカクは、露骨に肩をすくめた。

「はっきり申し上げますがね、私は『真実』を暴《あば》く気などありません」

清濁《せいだく》併せ呑《の》む、どころではない。

濁々《だくだく》呑む、という具合だった。

「私が知りたいことは、山賊の居場所だけ。山賊たちを捕まえて吊し上げ、被害者たちがスカッとしたうえで、今後しばらく山賊行為が鎮《しず》まればそれでよい。貴方がこの件にどのように関わっているのか、表に引きずり出す気など毛頭なく」

「……居場所を探る、手伝いをしろと」

「はい、元々その予定ですので」

アルヘナ伯爵は、ある程度答えを持ったうえで、質問を投げた。

「捕らえた山賊が、私を陥《おとしい》れようとするかもしれんぞ」

「そうですねえ、そういう噂《うわさ》もありますからねぇ。ですが……幸いというべきでしょう、貴方には弟分がいる。そして私という第三者もいる」

そう、アルヘナ伯爵はここに来て思い出した。

この男は、自分よりも先にワサト伯爵へ、もう一人の責任者へ会っていると。

「この三人がそろって笑いあえば、その手の噂は風と消えるでしょう」

「……」

これが、奇術騎士団の団長。

アルヘナ伯爵は、その力量を見せつけられ、脱力した。

彼は降参したように、個室の中の椅子に座った。

「奇術騎士団、団長、ガイカク・ヒクメ卿《きょう》」

「はい」

「この度は我が領地を騒がす山賊の討伐においでくださり、感謝の言葉もありませぬ。我が領地で起こったことながら、非力を恥じるばかり……」

どんな無法者よりも、政治家の方があくどい。

まったく、世界は偉い者が勝つようにできている。

「全面協力を、お約束いたします」

「私が来たからには、もうご安心を。万事お任せください」

そして、一対一で会う時点で、相手には話を受け入れる準備があったということだ。

11

夜も更《ふ》けるころ。

密談を終えたガイカクは、自分の部下たちの元へ戻っていた。

奇術騎士団《きじゅつきしだん》に与えられた、かなり質の良い宿。

その中でも特に広い、騎士団長の部屋の中で、ガイカクは得意げに地図を広げていた。

「アルヘナ伯爵は、山賊の潜伏個所《かしょ》をすでに割り出していたらしい。この付近の町の、三か所の空き家に分散して潜んでいるそうだ」

アルヘナ伯爵のおひざ元、城下町が描かれた地図。それには、三か所に印が描かれていた。そこに山賊たちが潜伏しているという。

「いやあ、さすがは伯爵！　よくぞここまで絞り込んでくれたもんだ！」

彼の言い回しでは、アルヘナ伯爵はとんでもなく優秀な男で、山賊のアジトをすでに調べ終えていたということになる。

だがそこまでわかっているのなら、アルヘナ伯爵自身が兵を送って捕縛すればいいではないか。

むしろ、居場所がわかっているのに行動へ移していないことこそが、アルヘナ伯爵の潔白を否定している。

「さすが族長……お見事です。皆も納得しただろう、我らが族長の偉大さを！」

高機動擲弾兵隊《じゆうじん》の古参組は、同種の新人たちに向かって誇らしげに笑いかけていた。

「はい……本当に凄《すご》いと思います！」

新人たちは新人たちで、ガイカクを尊敬のまなざしで見ていた。

「……みんなわかったでしょ。御殿様《おとのさま》はめちゃくちゃ優秀で、私たちが何を心配しても意味がないって」

一方夜間偵察兵隊の古参組は、同種の新人たちに対して諦めるように言っていた。

この厄介で有能極まる男の部下であることを、受け入れるしかないと悟っている様子である。

「……この人を敵に回してはいけないと、よくわかりました」

ダークエルフの新人たちは、この結果を戦慄と共に受け入れていた。

ガイカク・ヒクメを敵に回したら、その末路は知れたものであろう。

「どうですか、ベリンダさん！　先生は凄いでしょう！」

「いや～……凄いっていうか、この作戦が上手《うま》くいったこと自体が、びっくりなんだが」

ソシエは興奮気味だが、ベリンダは冷ややかである。

結局のところ、珍しい酒を渡しただけではないか。それ自体はガイカクが言っていた通りだが、それで自分の犯罪を明かす、アルヘナ伯爵の気持ちがわからない。

「マジで、珍しい酒を出しただけだろ。そんなんで上手くいくもんなのか？」

「いい着眼点だな」

ベリンダの疑念に、ガイカクは好意的だった。

「もしも俺が二個の樽《たる》を『これはキャララです』と言って渡しても、相手は飲もうともしないさ。ましてや『じゃあ教えますね』とは絶対にならない」

「じゃあなんで上手くいったんだよ」

「他人の物であっても、価値も告げられずにばらまかれると惜しくなる。それを避けるためなら、大抵のことは受け入れる。好事家《こうずか》ってのは、そういうところがある。それが身の破滅につながらないのなら、なおのことにな」

ガイカクが馬鹿正直に『全部明らかにしましょう』と言っていたら、さすがにアルヘナ伯爵も受け入れなかっただろう。

きっちり逃げ道を用意していたからこそ、話は円滑に進んだのだ。

「元々、大した話じゃなかったのさ。それで被害が出ちまったんだから、笑えねえ。さっさと解決してやらないと、善良なる市民の皆さんが可哀《かわい》そうだ」

ガイカクは凶暴に笑っていた。

それはまさに、悪人の笑みであった。

「根回しは済んだ、居場所は摑《つか》んだ。道具は用意してやる、戦術もな」

そしてガイカクは、騎士団長の顔をする。

「全員捕まえろ、一人も逃がすな」

ごく当然の、しかし譲れない一線。それを聞いて、部下たちは息を呑んだ。

12

アルヘナ伯爵の領地……その市街地である。

住宅地の端にある、比較的人通りの少ない地域にある、庭付き一軒家。

一階建てながらもそれなりの広さを持つそこに、山賊一味が五人ほど潜伏していた。

つまり、その家で暮らしていた。屈強な男たちが五人、出歩くこともなく同居している。

はっきり言ってこの五人は辛《つら》い状態だが、仕方ないともいえる。

この国の最精鋭である騎士団が来ているのだ、身を隠すほかない。

彼ら五人は窮屈な思いに耐えつつ、騎士団が帰る日まで待つ構えだった。

「はあ……奇術騎士団、だったか？　そいつら、いつ帰るんだろうなあ」

「騎士団も暇じゃねえだろ、何なら最初からちょっと来てそのまま帰るつもりだった、ってこともある」

「違いねえ、すげえしょっぱい悪事しかしてねえもんなあ」

「そもそも騎士団様が出張《でば》ってくるような話かねえ？」

さてこの山賊たちは、アルヘナ伯爵に雇われる前から悪党ではあった。

現に彼らは今も、悪だくみをしている。

「まあ、伯爵様も騎士団が出れば懲りるだろ。俺たちもお役御免だな」

「で、いくら引っ張れると思う？　伯爵様、けっこう儲《もう》けてるらしいしなあ」

「伯爵様からもらった金も、獲物から奪ったもんも、もう全部使い果たしちまったしな」

「俺たちは弱みそのもんなんだ、いくらでもせびれるだろうぜ」

彼らは幸せだった。

志を同じくする仲間がいて、保護してくれる上に金までくれる権力者がいる。

これで何を恐れるのか、誰もが明るい未来を描いていた。

だがしかし、幸せな未来を見ていると、足元が見えないものである。

13

先日ドワーフと一緒に、獣人《じゅうじん》とダークエルフが十人ずつ追加された。

すでに同種、しかも自分たちと同じ落ちこぼれがいたことで、彼女たちは少しだけ安心していた。

なにせ先輩たちは結構健康そうだったのである。

少なくとも飲食や睡眠に関しては、ケチられることがない。そう思っていたのだ。

まあ、それは正解だった、正解だったのだが……。

あれやこれやという間に騎士団本部近くに移動して、さらに怪しげな武器の使用方法をレクチャーされ、これを使って戦うんだぞ、とまで言われた。

怪しげな宗教団体の先兵にされたのではないか、と彼女たちは恐れていた。

実際、だいたいあっていた。

その彼女たちも先輩たちと一緒に、山賊五人が潜伏しているという家の包囲に参加している。

(なんかすごいことになってる……)

(なんでいきなり、騎士団に入れられてるんだろう……)

もちろん、心の準備なんてできてないわけで。

だが社会人になるとはそういうことなので、彼女たちも染まっていただきたい。でなければ役立たずである。

「いい、みんな。今のところは私たちだけでやるから、よく見ているのよ。次は貴方《あなた》たちも参加して、三回目は貴方たちだけでやるのよ」

先輩のダークエルフたちは、後輩たちへ手本を示すと言った。

山賊は三か所に分かれて潜伏しているというので、襲撃を三回繰り返すという。

任務を演習に利用するというのだが、新入りたちは先輩の染まりぶりにドン引きするしかない。

「はい……」

彼女たちにはドン引きしつつも、従うばかりである。

逆らう気力など、あるわけもないのだ。

「それじゃあ手はず通りに……」

十人の夜間偵察兵隊《ダークエルフ》がこそこそと、大きなシートをもって庭を進んでいく。

彼女たちの靴は、軍用ゴム足袋《たび》であった。本当にそうとしか言いようのない、隠密性《おんみつ》に優れた靴である。

この靴を履いているうえに、できるだけ静かに進んでいるため、十人が歩いているとは思えない静かな接近が可能だった。

(私たちはドアの前で広げるよ)

(私たちは窓の前だね)

彼女たちはできるだけ音をたてないように、そのシートを家の出入り口や、窓の外に置いていく。

家を出た者たちが、一歩目でそれを踏むように。

それの設置を終えると、ダークエルフたちはこそこそと撤収してきた。

それを見届けると、十人の高機動擲弾兵隊《じゅうじん》が投擲物《とうてき》をつかんで前へ出た。

「みんな、よく見ていろ……奇術騎士団の戦い方を」

獣人たちは自分たちの『一族の名前』を口にしつつ、誇り高い顔をしていた。

「全員、投擲！」

擲弾兵である獣人たちは、今回も『爆発物』を投げ込んでいた。

だがしかし、今回は手りゅう弾、焙烙玉《ほうろくだま》ではない。かといって、焼夷弾《しょういだん》のような危険物でもない。

もっと安全な、煙玉である。熱を出すことはなく、ただ煙が出るだけの代物。逃走の際に目くらましとして使うこともあるが、今回は用途が違う。

「こうすれば、出てくるはず……」

がしゃんがしゃんと窓が割れて、中へ煙玉が入っていく。

当然煙玉はかなりの量の煙を室内にまき散らし、割れた窓からそれが溢《あふ》れてきている。

この煙に、さほどの毒性はない。吸い込んでも、ちょっとせき込むぐらいだろう。

だがそんなことは、内部にいる者にはわからないわけで……。

「け、煙!?　なんだ、火事か!?」

「畜生、なんか外から投げ込まれてたぞ⁉」

「俺たちを焼き殺す気か⁉」

恨まれていると自覚している山賊たちは、あわてて家を脱出しようとする。

だが、自分たちが長年暮らした家でもあるまいし、どこに出入り口があるのかもわからない。

煙の中を右往左往して、壁にぶつかりもつれながらも……。

彼らは、何とか家を脱出した。

新鮮な空気のある方へ飛び出た彼ら、その一歩目で踏んだのは……。

粘着性のシートだった。

「あ、あああああ⁉」

見事にずっこけた彼らは、そのままシートにへばりついていた。それこそ、ネズミのように。

全身がべっとりと粘着シートにくっついた彼らは、何事かわからぬままもがく。

そりゃそうだ、潜伏していたところが火事になったと思って逃げ出そうとしたら、いきなりネズミ捕りにかかったのだから。

なまじ体がほとんど痛くないせいで、どんどんもがいてドツボにはまっていく。

「な、なんだ、てめえら⁉」

「くそ、こりゃあいったい……人間様につかうもんじゃねえぞ‼」

「トリモチか⁉　くそ、人間様につかうもんじゃねえぞ‼」

山賊たちがそれに気づいた頃には、もはや全身がべったりと拘束されていた。

「族長特製、軍用粘着シート……一般的な人間の男ならこれだけで無力化できるな」

「御殿様《おとのさま》が持たせてくれたものですからね。立って踏んだだけならともかく、転がって寝そべってしまえばどうしようもない」

倒れてる山賊たちに、ダークエルフや獣人の先輩たちが近づいていく。

彼女たちの手には、縄やさるぐつわがあった。

「だ、ダークエルフに獣人か⁉　わけのわからねえ道具を使いやがって、家に火を投げ入れたのもお前たちだな……」

「いいか⁉　俺たちは人間だ、エルフほどじゃないが魔術が使える！　この姿勢からでもお前たちを吹き飛ばせるぞ‼」

「命が惜しいなら、とっとと逃げるんだな‼」

シートに顔まで貼りついて、それでも虚勢を張る五人の山賊たち。

何とか脱出の時間を稼ごうとする彼らだが、彼女たちにそれは通じない。

「獣人だからといって、魔術に無知だと思われては困るな。一人前の魔術師ならともかく、魔術をかじっているだけの人間では、地面に転がった状態で魔術など使えない」

「御殿様がそうおっしゃっていたので、そういうことなんでしょうね」

「……！」

　初級魔術を使えるだけの人間は、呪文や魔法陣の意味もよくわからぬまま丸暗記して、それをそのまま使っているだけだ。

　だからこそ『手の先から出る、まっすぐ飛ぶ、弾』という呪文を覚えているが、その応用として『頭の上から出る、まっすぐ飛ぶ、弾』とかができないのだ。

　よって、ちょっとかじっている相手なら、腕を縛るだけで無力化できる。

　そしてきちんと魔術を学んでいる者でも、完全に無力化する方法はある。

「さ、口を縛るぞ」

「や、やめ、ふごおおおお！」

　口に布でも噛《か》ませて、ちゃんと発音できないようにする。ただそれだけでも、魔術は使えなくなるのだ。

　魔術の仕組みを知っていれば、あるいは教わっていれば、対策など簡単である。

「さあみんな、ちゃんと見ていた？　次は私たちも協力するけど、貴方たちもやるんだよ！」

「大丈夫！　御殿様とエルフの砲兵隊が作ってくれた武器があれば、こんな奴《やつ》ら一ひねりだから！」

「……が、がんばります」

その手際《てぎわ》を見ていた新入りたちは、本当に自分たちでもできそうな作戦を見て、一周回ってぞっとしていた。

こんな簡単に、人間五人を拘束できるものなのか、と。

非殺傷の兵器、その恐ろしさを痛感していた。

「……うへえ、マジですげえ手並みだ」

その作戦を後方から見ていた、ベリンダも同じ意見である。

「そうでしょう、そうでしょう！　これが奇術騎士団《きじゅつきしだん》の兵器、戦術です！」

そんな彼女に先輩風を吹かせるソシエは、実に誇らしげであった。

「先生は優れた魔導兵器《まどうへいき》と、それを活《い》かす作戦を私たちに授けてくださるのです！」

後輩への指導、という意味ではそれなりに正しいだろう。

なお、かなりみっともなく見える様子。

「ちなみにあの軍用粘着シートは、先生指導の下、私たち砲兵隊《エルフ》が作製しました！　凄《すご》いと思いませんか！　先生も、私たちも！」

「それはまあ……うん」

ソシエが自慢したがる気持ち、信頼する気持ちは確かにわかる。

この逮捕劇は、たしかに痛快だったのだから。

「ベリンダたちドワーフも、きっといい仕事をもらえますよ！」

「え、ええ……？　アタシたちが？」

「ベリンダたちが今までどんな仕事をしてきたのかわかりませんけど、奇術騎士団の団員になったからには……今までの人生が吹っ飛ぶような、大活躍が待ってるんです！」

ソシエは熱く、熱く、未来の希望を語っていく。

それは夢を見ている者の眼《め》ではなく、既に夢を叶《かな》えている者の眼だった。

「よ、よしとくれよ……期待、しちまうじゃないか……」

前の職場では……鉱山で働いていた時、ベリンダたちは雑用係だった。

ある意味では、他の団員よりも恵まれていたのかもしれない。

だがそれでも、輝かしい時間の中を生きていたわけではない、
だからこそ、彼女の中にも……諦めていた夢が、くすぶっている想《おも》いが確かに残っていた。

「その期待！　先生が応えてくれます！　叶えてくれます！　貴方たちの想像を、はるかに超えて！」

思い描く以上の夢がある、ソシエはあくまでも熱を放っていた。

14

さて、アルヘナ伯爵領を訪れた奇術騎士団である。

如何《いか》にも正体不明を装《よそお》う集団が、領民たちを町の中心部に集めて、スピーチをしていた。

「アルヘナ伯爵領の、善良なる市民諸君！　私が……そう、私が！　あのお美しく聡明《そうめい》で勇猛な、騎士《きし》総長《そうちょう》ティストリア様から推薦を受けて騎士団長となった……奇術騎士団団長、ガイカク・ヒクメにございます！」

本当に騎士団長なのだが、全力でうさんくさかった。

善良なる市民たちの脳内では、警戒心が警報を鳴らしていた。

「この度は善良なる市民の皆様からの熱い民意にお応えして、この私が馳《は》せ参じた次第！　皆様の安寧のため、粉骨砕身の覚悟で山賊討伐に乗り出すことをお約束いたしましょう！」

確かに市民たちが騎士団へ依頼を上げたのだが、それさえも疑ってしまうほどだった。

市民たちの中には無学な者もいるが、それでもわかるほどうさんくさい。

「では善良なる市民の皆さま！　こちらの檻《おり》をご覧ください！」

ガイカクが袖で隠されたままの腕で示したのは、大きな檻だった。

それこそ二十人ぐらい入りそうな、大きめの、木製の檻である。

屋外に置かれているので、とても目立っている。

「この私が！　ティストリア様がヘッドハンティングするほど優秀で有能なこの私が！　皆様の安全を脅《おびや》かした山賊たちを全員この檻にぶち込み！　皆様の前に吊《つる》し上げることをお約束します！」

なんとも大言だった。

まあ騎士団なのだから、それぐらいしてくれないと困る。

むしろそういう期待をされているのが、騎士団という組織なのだ。

「では！　幕をかけます！」

なぜかその木の檻に、ばさっと布が被《かぶ》せられた。

まるで手品でも始まりそうな演出である。

「3、2、1！」

ばさあああ、と、ガイカクはその布をはいでいた。

　すると木製の檻の中に、十五人の、簀巻《すま》きにされた男たちが現れていたのである。

「⁉」

「は、この通り！　宣言を守るのが、この私、ガイカク・ヒクメにございます！」

　あまりにも唐突に『犯人』を出されたことで、領民たちは驚愕《きょうがく》して何も言えなくなった。

　もちろん、檻の中に人が出現する、という手品はそこそこに有名である。

　二枚底になっていて、そこから出てきた。

　布を被せる時に、横から突っ込んだ。

　などなど、様々なトリックが考えられる。

　だがこの場合、どうやって人間を中に入れたのかは、さほど重要ではない。

　昨日この領地に着いたばかりの男が、なぜ犯人たちを捕まえられたのか。

　いやそもそも、本当に犯人なのか。

　疑う領民たちは、その檻へと近づく。

「……こ、こいつだ！　私の馬車を奪ったのは、この男だ！　間違いない！」

「あ、ああ！　そうだ！　私はこの男に殴られて、骨を折られたのだ！」

「間違いない、夢に見た顔だ！」

その領民たちの中には、山賊の被害者も混じっていた。

彼らは口をそろえて、自分たちを襲った山賊だと証言する。

つまりガイカクは、本当に即日で山賊たちを全員捕まえてみせたのだ。

こうなると、証言をしている者たちの方が現実を疑う。

一体この男は、何をどうやったというのか。

「へ、へへへ……な、何が奇術騎士団だ！　これはお笑いだぜ！」

それに対して回答を示したのは、他でもない捕らえられた山賊たちだった。

町の中に潜伏していた彼らは、自分たちの居場所を知っていた……否《いな》、避難場所を用意した男を知っている。

彼がガイカクに全面協力をしたのなら、この捕り物は簡単に説明がつく。

「お前！　ここの領主、アルヘナ伯爵と取引をしたな⁉」

「町でも噂《うわさ》になっていただろ？　アルヘナ伯爵が山賊を保護していたってなあ！」

「アレは本当だ！　俺たちはアルヘナ伯爵に命じられて、お隣のワサト伯爵様へ嫌がらせをしていたんだよ！」

「俺たちの居場所を知っていたのは、アルヘナ伯爵だけだ！　その伯爵が俺たちを切り捨てただけのことを、自分の手柄のように語りやがって‼」

山賊たちの言葉には、信ぴょう性があった。

実際真実なのだから、そりゃあ齟齬《そご》はない。

だがしかし、ガイカクはそれを聞いても、まったく気にしていなかった。

（別にこのままでも、俺はそこまで困らねえ。それに……もうすぐ、ド本命がくる）

簀巻きにされたまま、喚《わめ》き散らす山賊たち。

その罵詈雑言《ばりぞうごん》を切り裂くように、二人の男が現れた。

「やれやれ、我らの噂が山賊にまで届いているとはな」

「訂正するのも馬鹿馬鹿しい話でしたが、騎士団長殿にまでご迷惑をかけるとあらば、否定しなければなりますまい」

その二人の登場に、山賊も、領民たちも恐れおののく。

ここの領主アルヘナ伯爵と、隣の領主ワサト伯爵だった。

二人が並び立って現れたことで、場は一気に切り替わる。

「私とワサト伯爵の不仲は、たしかに噂になっていた。それを盾に取って私や団長殿を陥《おとしい》れようとしたのだろうが、私たち自らが否定しよう。この通り、我らの友情は変わっていない」

「アルヘナ伯爵が私へ嫌がらせなど、ありえないことだ。この方がそんなことをしないと、私が誰よりも知っている」

実に政治家であった。

この二人は威風堂々と現れ、身の潔白を語りだした。

「ヒクメ卿《きょう》がこうして犯人たちを一斉に捕らえることができたのは、我らの作戦が功を奏したからこそ」

「領地の間に潜伏する山賊を捕らえることは、とても難しい。だからこそ私とアルへナ伯爵、そしてヒクメ卿は協力し、一芝居を打った。我ら二人がやる気を出さぬふりをしつつ、ひそかにこ奴《やつ》らの拠点を探る。そしてガイカク殿が現れたと聞いた彼らがそこへ逃げ込むように誘導し……ヒクメ卿の配下がこれを捕らえたのだ」

これはこれで、筋の通る話だった。

少なくとも、論理的に破綻はない。

だがしかし、切り捨てられた山賊たちは、それどころではない。

「ふ、ふざけんな！　アンタが確かに、俺たちへ命じただろうが‼」

「ほう、私はお前など初めて見たぞ。大体嫌がらせを命じたというが、なぜ私がワサト伯爵へそんなことをしなければならん」

「はっ……俺たちにも恨みを漏らしていただろうが……！」

山賊は、真実を暴露した。

「利《き》き酒大会で負けたのが悔しいってな！」

「そんな子供じみた理由で山賊を雇うか、馬鹿馬鹿しい」

アルヘナ伯爵は、厚顔無恥というスキルを使った。

周囲の領民たちは、まあ、うん、そうだね、と納得した。

山賊たちは、それはまあ、そうだけど、アンタそう言ってたじゃん、と絶句する。

「しかし、確実に捕らえるためとはいえ……被害が増えることを見過ごしてきたことも事実」

「今回の件で被害を報告してきた者たちには、私たち二人から補償をさせてもらう。もちろん予算からではなく、我らの財布からだ」

二人の領主はそろって、この場にいる被害者たちに頭を下げた。

その姿を見て『善良なる市民』たちは頭の中で計算をする。

「そうですね！　そんなくだらない理由で山賊を雇うとかないですよね！」

「いや〜、アルヘナ伯爵とワサト伯爵は、仲がおよろしいですなあ！」

真偽はともかく、伯爵二人の味方をしたほうが得だと思ったのだ。

実際どっちでも筋は通るので、利益のある方を選んだのである。

そして、伯爵たちの言葉が嘘《うそ》だったとしても……どうせ死ぬのは、山賊たちだけだ。

そう、山賊たち自身も、この公衆の場で『私は山賊です』と自供している。

こいつらが全部悪いかどうかはともかく、悪いことをしていることだけは確実だ。

「な、な、な……」

「げひひひ！　山賊ども、よく覚えておけ」

檻に入れられ、縛られたまま絶望する山賊たちに、ガイカクは勝ち誇った。

「これが、正義だ‼」

15

山賊たちの捕縛は、滞りなく行われた。

皮肉というほかないのだが、アルヘナ伯爵を道連れにしようとしたことで、却《かえ》って自分の首を絞めることになったのだ。

あの場にいた聴衆たち全員が証人となって、山賊全員の捕縛は『事実《てがら》』となるだろう。

そしてアルヘナ伯爵の黒幕疑惑と、ワサト伯爵の職務怠慢についても……一応の言い訳はついた。

まあ実際、騎士団が到着して翌日に解決したのだから、事件全体から見ればスピード解決と言えなくもない。

少なくとも実行犯は捕まったので、被害者たちはある程度溜飲《りゅういん》を下げた。

彼らからしても伯爵が黒幕かどうかはわからないので、直接の加害者が罰を受ければ満足なのだろう。

これにて、両地方において『ガイカク・ヒクメ率いる奇術騎士団《きじゅつきしだん》』の武名はとどろくのだった。

武名か怪しいが、とどろくのだった。

さて、当事者三人である。

アルヘナ伯爵、ワサト伯爵、そしてガイカク団長は、そろって個室に集まっていた。

そこには一つの酒樽《さかだる》が置かれているが、これから祝杯をあげるという雰囲気ではない。

どこか堅く、ぎこちないものだった。

「まず、そのなんだ……うむ、ワサト伯爵、すまなかった。貴殿に頭を下げて済む問題ではないとわかっているが、その上できっちりあやまりたい」

アルヘナ伯爵は、ワサト伯爵へ頭を下げることの無意味さを悟りつつ、しかしそれでも謝っていた。

「私は貴殿を下に見ていた。私は師匠であり、貴殿は弟子。だからこそずっと勝ち続ける、少なくとも酒の道においては……などと見下していた。その結果、負けた。いや、負けたことは結果ではない。負けたことを屈辱に感じた私は、結果として陰湿な嫌がらせ、犯罪行為に走った」

アルヘナ伯爵は、素直に自供した。

本当に自供するべき相手ではないとわかりつつ、しかし『負けを認めたくない相手』へ謝っていた。

「先ほど衆目の前で『子供じみた理由』と言ったが、まったくその通りだった。それの被害者である領民の前で、よく言えたものだ……本当に恥ずかしい男だ」

「……それは、私にも言えます」

ワサト伯爵は、やはり謝罪を受け入れかねた。

彼自身もまた、己の怠慢を認めていた。

「私は、格好をつけたがった。貴方《あなた》の嫌がらせに対して、『大人の対応』をしようとした。しかしそれは、お高くとまった大人の対応だ。領民が泣いているのであれば、強く抗議するなり、厳しく取り締まるなりできたはず。それを怠ったのですから、貴殿からの謝罪を受けることはできない」

自分が最善を尽くしていれば、こうはならなかった。

少なくとも、領民に対して明らかな嘘を言うことはなかった。

山賊たちは裁かれてしかるべき悪党だが、自分に罪がないわけではない。

「……ヒクメ卿、改めてお詫《わ》びをさせてほしい。この度は我らの体面を保ちつつ、事件の解決をしてくださった」

「このように下らぬ事件で、お忙しい貴殿を煩わせたこと……深くお詫びいたす」

「げひひひひ！　何をおっしゃいますやら！　楽に手柄をいただけて、私は満足ですとも！」

ガイカクだけは、怪しげに笑う。

その道化めいた小芝居に、二人は呆《あき》れることがない。

この場の二人を仲裁すれば済む話ではあったが、それが難しいと当事者だからこそわかるのだ。

それをあっさりなした彼は、やはりただものではない。

「それにまあ、アルヘナ伯爵のうろたえ振りが見れました。アレは眼福でございましたなあ！」

「む……そうだな、あれも見苦しかった」

「いいえ、私がその場にいても同じようにうろたえたでしょう」

ワサト伯爵は、ちらりと、酒樽を見た。

アルヘナ伯爵が『本物のキャララ』だと言い切る酒の詰まった、一個の酒樽。

これが『発見』されただけでも大騒ぎだが、同じ量のキャララが何も知らぬ客に振る舞われたのは大騒ぎどころではない。

「幻の銘酒、キャララ。それを何も知らぬ客が飲んでいく姿を見れば、とりみださざるをえない。それに……ヒクメ卿は、惜しくなかったのですか？　せっかくの銘酒を、普通の土産だと思われたのは」

「ゲゲゲゲゲ！　ワサト伯爵、滑稽なことをおっしゃいますなあ！」

演出のためとはいえ、もったいないことをしたのではないか。

そう惜しむワサト伯爵を、ガイカクは笑った。

「ぶっちゃけた話、私が自分で楽しむためだけに造った酒。職人が造った『本物のキャララ』には、二枚も三枚も劣りましょう。それを伝説の銘酒と言い張るのは、さすがに赤面いたします」

「……そうだな、それは私や部下も思っていた。というよりも、だからこそ私以外の誰も気付かなかったのだろう。もしも伝説通りの味ならば、それこそ『まさかキャララでは？』と思い至る客もいたはずだ」

舌の肥えた客だからこそ、素人《しろうと》が造った酒だなあ、とは見抜けていた。だからこそキャララですよと言っても『ご冗談を、素人が造った酒でしょう？』という感じで信じなかったはずだ。

本物を飲んだことがあるうえで酒に精通しているアルヘナ伯爵だからこそ、キャララであると思い至ったのだろう。

「それに……生産した私としましては、伝説の木を使った酒です、と言って構えられるよりも……ああして皆で『美味《おい》しいね』と笑いあっていただけた方が嬉《うれ》しゅうございます」

ガイカクは静かに、先日の酒宴が幸せな時間であったと語った。

道化めいた振る舞いが無いからこそ、真実だとわかる。

その『上品』さに、ワサト伯爵もアルヘナ伯爵も、思わず咳払《せきばら》いをした。

「で、では……このキャララは、さらに数段旨《うま》くなると？」

「でしょうなあ。素人が飲み比べてわかるかどうか、という差ですが……玄人《くろうと》には大きい差でしょう」

「なんとも、ロマンのある話だ……いえ、もちろん、騎士団長殿がお造りになったキャララも、楽しみたいところです」

絶滅していたと思われていた木が、実は残っていた。それを使えば、伝説の酒が再現できる。それをひそかに楽しむ趣味人がいる。

というのは……あまりにもロマンに満ちている。

と、そこまで考えたところで、両伯爵は互いの顔を見た。

ある一つの、期待できる可能性に至ったのである。

「ヒクメ卿《きょう》！　もしや貴殿は、残る二つの希酒、ナマカキとダイアーサーも……！」

「ヒクメ卿！　新設されたばかりの騎士団は、パトロンをお求めでは？　私とアルヘナ伯爵が……」

この男と関係を続ければ、もっとロマンが味わえるのではないか。

そう期待する二人は、目を輝かせて……。

「お二人とも」

ガイカクの強い言葉に、黙った。

「この度は私の任務にご協力くださり、まことにありがとうございました。今回私が知ったこと、お二人が語ったことは、決して口外いたしませぬ。それこそ、ティストリア様にも、です」

ガイカクはやんわりと、しかし口を挟ませない口調をしていた。

「ですが、ご用心を。私はティストリア様の忠実なる下僕《げぼく》、その命令に背くことはありませぬ」

つまりは、軽蔑と拒絶だった。

「次にこの領地で問題が起きたとしても、私どもが派遣されるとは限りませぬ。またティストリア様からお二人を討てと命じられれば、迷わず実行いたします」

約束通り、樽は渡す。

だがそこから先、何も期待するなと警告していた。

「ご用心、ご用心。酒で身を滅ぼすなど、紳士にあるまじきこと。ましてお二人は領主様なのですから……その進退が、領民にも関わることを、お忘れなきよう……」

彼は伝説の酒を置いて、個室を出ていった。

「ご用心、ご用心……ゲヒヒヒヒ！」

彼は警告と呪いをかけて、去っていく。

残された二人の『酒好き』は、冷や水を浴びせられた顔になっていた。

「……思った以上に、立派な騎士団長であったな」

「ええ、おっしゃる通りです」

今回は見逃してやるが、別にお前たちの味方じゃねえよ。

その方が早く解決できるから仲裁してやっただけだ、勘違いするな。

お前らみたいな馬鹿と付き合ってたら、こっちまで破滅するぜ。

彼の振る舞いからそれを読み取れないほど、二人は愚かではなかった。

そして、言い返せないだけの、自覚もあった。

「……私はキャララの匂いを嗅いだ時、亡《な》き父の顔が浮かんだ。驚きはしたが、とても幸せな記憶だった」

アルヘナ伯爵は、病にかかったような顔をしている。

「だが今後は、この酒の匂いを嗅ぐたびに、彼のことを思い出しそうだ」

「私もです……反省したつもりでしたが、まったく懲りていなかった。自分が嫌になりますよ」

この酒に罪はなく、その樽の木にも罪はなく、ガイカクにもほとんど罪はない。

罪があるのは、この二人。だからこそこの二人にとって、キャララの香りは罪悪を思い出させるものになった。そのように、記憶が紐《ひも》づけられた。

「アルヘナ伯爵。もはや我らに、この酒を飲む資格はありますまい。飲んだところで、楽しむことなどかないませぬ」

「そうだな、子供や妻にでも振る舞うとしよう……そして、領民への補償を済ませなければな」

「十分に行き届かせなければなりませんね……私たちが傷つけてしまったのですから」

美しいことを言っているようで、二人はただ重苦しい顔をしている。

この酒に比べて、なんと自分たちの醜いことか。

ただ恥じるばかりである。

16

かくて……奇術《きじゅつ》騎士団《きしだん》、最初の任務は達成された。

犯人を迅速に逮捕できたことも含めて、十分な評価を得られるだろう。

アルヘナ伯爵領から騎士団本部に戻ったガイカクは、ティストリアの元へ報告に向かった。

彼の主観からしても胸糞《むなくそ》の悪い事件ではあったが、それでも結果は大成功。

ガイカクは意気揚々と、悪ふざけをしつつ、部屋に入った。

「ひっひっひ！　ティストリア様、失礼いたしまする……貴方の忠実なるしもべ、ガイカク・ヒクメ、参上いたしまし……た？」

悪ふざけをしながら部屋に入ったガイカクを迎えたのは、もちろんティストリアであった。

「お待ちしていました、ヒクメ卿。報告を、お聞かせ願えますか？」

なぜか、彼女は余所行《よそゆ》き用のドレスを着ていた。

彼女は絶世の美女なので、もちろんよく似合っている。

だが普段通りに感情を示さない表情であるため、違和感がすごかった。

「ひ、ひひひ……山賊を全員捕縛の上、被害者には両伯爵より補償金が支払われることとなりました。こちらは私めからの報告書と、両伯爵、および依頼者である被害者からの感謝状にございます」

「素晴らしい働きですね。迅速な対応に感謝します」

「そ、それで……その、ティストリア様……その、素敵なお召し物はいったい？」

ガイカクは一応の礼儀も込めて質問をした。

彼女はなんとも思っていない様子だが、この状況でドレスについて聞かないのはマナー違反であろう。

「これですか。騎士総長《きしそうちょう》の任務として、外交を行う場面があるのです。その際に着るので、その予行だと思ってください」

「は、はあ……」

やはり騎士総長というのは、他の騎士団長より忙しいらしい。

　しかし、外交、というのは少しおかしく思えた。

「浅学で恐縮なのですが……騎士総長というのは、外交もなさるのですか？」

「各種族の『友好的な国家』から、優秀なエリートを騎士として派遣していただくこともあるのです。そのため騎士総長は、そうした相手との外交も任務となっています」

「な、なるほど……私の如《ごと》きものには、無縁の話ですな」

「いえ、今回に限れば、貴方《あなた》にとっても無関係ではありません」

　ティストリアは相変わらず感情を見せないまま、ガイカクがわずかに動揺する話題を切り出した。

「貴方が騎士団に入るきっかけとなった脱走騎士、エリートエルフのアヴィオール。彼の故郷である、『ディケスの森』の森長《もりおさ》との会談なので」

「……！」

　自分たちは、討伐の対象になったとはいえ、元騎士を殺している。

　それを騎士団が、あるいはその故郷がどう受け止めているのか、考えてもいなかった。

　ガイカクは、わずかに硬直した。

「貴方が気にすることではありません」

　それを察知して、ティストリアはわずかに否定した。

「故郷の長である森長も、騎士総長であるわたしも、彼の上司であった騎士団長も、貴方が討伐したことに文句をいうことはありません。アヴィオールを管理しきれなかった、我らにすべての責任があるのですから」

「そういっていただけると、幸いです」

「よければ、その会談に貴方も出席しますか？　協力関係にある他種族の『国』から要請があれば、騎士団が派遣されることもあります。今顔を合わせれば、今後の任務が円滑になるかと」

「いえ……止《や》めておきましょう。私の如きものが同席すれば、相手もよく思わないかと」

ガイカクは、あえてアヴィオールの故郷と距離を作った。

それはやましい気持ちがあるというよりも、彼が故郷でどう思われていたか、わからないからであった。

（今は拠点開発と新兵器開発に労力を割きたいからな……タスクをこれ以上増やしたくない）

だが、ほんのしばらく後に……ガイカク率いる奇術騎士団は、ディケスの森へ派遣されることとなる。

第二章　ナイン・ライヴス

1

　奇術騎士団の敷地《しきち》には、既にすべての種族用の住居が建設されていた。

　それぞれの特徴、体格に合わせて造られた機能的住居には、全員分の個室も準備されている。これには各団員も大満足であり、大いに士気を高めていた。

　ただ士気が上がっただけではなく、設計をしたガイカクや、実際に建築したドワーフたちにも感謝が向いていたのだが……。

　肝心のドワーフたちは、この状況でもまだ警戒を解いていなかった。

　多くの種族の落ちこぼれをまとめて率いるガイカクは、本当に信頼できる『ご主人様』なのか。

　新人であるドワーフ二十人は、自分たちで建てた宿舎の大部屋で、会議を開いていた。

　最初に報告したのは、任務に同行したベリンダである。

「……とまあ、そんな具合でね。ご法度《はっと》で珍しい酒をつなぎにして話をまとめていたよ。二人の領主にもお灸《きゅう》をすえたらしい。まあ正直……半分ぐらいはスカッとしたね」

清廉潔白とは程遠い、汚濁そのものと言える解決法。

頑固ではあるが高潔とはまた違うドワーフたちは、その仕事ぶりに大きな反応はしなかった。

全面的に反発するわけではないが、全面的に肯定するわけでもない。

消極的な賛成、という程度であろう。

「で、残った他の奴《やっ》らはどうだった。ガイカクのことを、なんて言ってた？」

「ああ、それなんだけどよ……」

ベリンダ以外の面々は、奇術騎士団の拠点に残っていた。

だからこそ、今回の任務に参加しなかった種族と一緒に過ごせていたのだ。

その間に、いろいろと話を聞いていたのである。

実はスパイでした、なんてことはない。彼女たちは新しい職場に不信感を抱き、自分たちで調べようと思っていたのだ。

「まずはゴブリンに聞いてみたんだけど……『旦那様はとっても素敵です』『とってもご飯がおいしいです。お菓子もおいしいです』『可愛《かわい》がってくれます。褒めてくれます』だってよ」

「ゴブリンに嫌われるようなら、マジで最底辺だもんなあ……」

一般認識として、ゴブリンは感覚が幼い。だがその幼い感覚は、信頼性の高さにもつながる。

彼女らは嘘《うそ》をつかないし、ついてもすぐにわかるのだ。

とはいえ、ゴブリンを可愛がっている、気に入られている、というのは本当に最低限のことしかわからない。

信ぴょう性は高いが、情報量が少ないのだ。

「でもまあ、ゴブリンを甘やかすだけなら誰でもできるだろう。他の奴らはなんて？」

「ん～……まずエルフなんだがな……」

一方でエルフは、知性が非常に高いことで知られている。

その分高度な腹芸を使うこともあるが、それでも情報量は多いと期待できた。

「『先生は、とっても頭がいいんですぅ～～！』『なんでも知っていて、なんでも教えてくれるんですぅ～～！』『故郷で迫害されていた私たちに、その大いなる叡智《えいち》を授けてくださっているんですぅ～～！』とか言われてたよ」

「……まあ、そうだな」

エルフたちからの、ガイカクへの評価は、『とても頭が良くて、自分たちにも指導してくれている人』というものであった。

これについては、ドワーフたちも異論はない。

ガイカクが設計した住居は各種族にとても好評であり、それだけでもドワーフたち視点からして優秀であった。

その上他の仕事もできるのだから、頭がいいことに疑問はない。だが頭がいいだけでは、信頼できるとは限らない。

「オーガどもは？」

「あいつらも褒めていたよ。『同種の雄と戦わせてくれる、殺させてくれる』『私たちだけじゃ無理だった、親分のおかげ』だってね」

「ずいぶんと熱っぽく、騎士団長サマとの武勇伝について話してくれたさ」

同種の男と殺し合わされる女性、というのは普通に考えて嫌な気分になっているだろう。だが、そうなってはおらず、むしろ乗り気だというのなら、それは彼女たちの過去に理由があるはずだ。

そしてそれは、ドワーフの女性であるベリンダたちにも想像できることである。だからこそ、オーガがガイカクに懐《なつ》くことにも納得ができた。

「で、人間どもはどうだ。あいつらは百人もいるし、それにそのなんだ……いろいろいるだろう?」

奇術騎士団《きじゅつきしだん》の歩兵隊は、人間で構成されている。

他種族からすれば、人間の種族性というのは『多すぎて特定できない』に尽きる。

肉体的な素養は平均的。どんな仕事でもこなせるが、それぞれを得意とする他種族には及ばない。その一方で、複数の技能が求められる仕事に関してはとても優れている。

精神的な素養は、多種多様に溢《あふ》れすぎていてわからない。オーガのような者もいるし、エルフのようなものもいる。獣人《じゅうじん》のような者もいれば、ダークエルフのような者もいる。

ガイカクもその一人であり、だからこそ正体がつかめないのだ。

「アイツら全員、似た者で集まってるからね。多角的だとか、多面的な視点なんてもんはないよ。そろって『あの人が拾ってくれたおかげで、騎士になれた』『女として扱ってくることもないし、最高だ』とか言ってるよ」

「……それはまあ、ねえ」

元から同じ傭兵《ようへい》団に属していただけあって、奇術騎士団歩兵隊の面々は似た者同士である。そして彼女たちのガイカクへの印象もまた、ほぼ統一されていた。

この理由も、ドワーフたちにとって納得できる。

ドワーフたちの視点からしても、騎士団というのは憧れのヒーローだ。それにしてくれたのなら、感謝するのも納得できる。

「で……ベリンダ。獣人とダークエルフは、何か言ってたかい？」

一方で他のドワーフたちは、ベリンダが同行していた獣人やダークエルフからの意見を聞いてみる。

それに対して、ベリンダはやはり首を振りながら返事をした。

「獣人どもは『狩りがとてもスマートで尊敬できる』『自分たちに危険な持ち場を与えてくれる』『あの人はとても脅威だし、あの人の元にいれば自分たちも脅威になれる』ってベタ褒めだよ。確かに狩りは上手だったけども……」

「獣人にとって脅威ってのは誉《ほ》め言葉だったよねぇ？」

「能力面はともかく、人格面については言及していないねぇ……」

ここで言う『狩り』とは、逮捕や戦闘の総称であろう。

そこまでおかしな言い回しでもないので、ドワーフたちも一々確認しなかった。

そして狩りが上手だから尊敬できる、尊敬できるから信頼できる……というのは、ドワーフには通じない理屈である。

「まともなのはダークエルフだね。『有能で優秀ではあるが、無駄に悪ふざけをするところが怖い』『アレだけ優秀なのだから合法的に動けるはずなのに、違法行為に手を染めているところが怖い』『怖がらせるところ、不安にさせたがるところが怖い』ってね」

これには、全員が頷《うなず》いた。

ダークエルフたちの意見は、そのままドワーフたちの意見と一致しているのであった。

「正直、信頼はできないねえ」

ベリンダは警戒を続けるべきだと言い、他のドワーフも頷いた。

少なくとも彼女たちは、一番肝心なことを知らされていない。

「……アイツ、アタシらをどう使うつもりなんだ？」

砲兵隊《エルフ》、工兵隊《ゴブリン》、重歩兵隊《オーガ》、夜間偵察兵隊《ダークエルフ》、高機動擲弾兵隊《じゅうじん》、歩兵隊《にんげん》。

ガイカクはどの種族に対しても、それぞれの適性に合った仕事を任せていた。

その意味で、ドワーフに大工仕事を任せたことも間違いではない。

だが、このままずっと後方の仕事ばかりするというのは、彼女らからすれば面白いことではなかった。

曲がりなりにも騎士団に入ったのだ、他の種族の支援だけをするなど御免である。

「きっと、アタシらがこうしてやきもきするのも、アイツの思い通り……ますます面白くないね」

ベリンダはその眼《め》を細めて、苛立《いらだ》ちを顕《あら》わにするのだった。

2

奇術騎士団拠点に最初から建っていた、大きな屋敷《やしき》。

当初こそ奇術騎士団団員の住処《すみか》となっていたが、各団員に住居が割り振られた今は、ガイカクの研究用スペースと化している。

大規模な内装工事が行われ、違法な魔導研究所として完成していた。

この内部で行われていることが白日の下にさらされた場合、死刑級の犯罪が十個以上見つかることになるだろう。

騎士団という公的機関内部に存在する、非公式非公認の違法研究所。

その一室で、ソシエを含めた砲兵隊《エルフ》は巨大な試験管の中で『巨大な臓器』を培養していた。

もちろん彼女たちの趣味などではなく、ガイカクからの指示によるものである。

「ふぅむ……順調に成長しているな。これなら、遠からず『試験』もできるだろう」

もちろんガイカク自身もその培養に参加しており、直接指揮を執っていた。

全員が白衣を着て、大きな部屋で、たくさんの試験管を前に実験の記録をとっている。

なんともわかりやすい、危険な組織であった。

「不思議ですね……動物の体から抜き取るんじゃなくて、小さい肉片から成長していくなんて……これって本来は、魔導医療技術なんですよね？」

「ああ、そうだ。もともとは『患者』の体に合わせて臓器を作る技術だったんだが、当時は技術が未熟で『患者に合わない臓器』になってしまうこともしばしばだった。見てわかるくらいおかしいなら不良品として分けられるんだが、中には移植するまでわからないという、逆に厄介な不良品も生まれていた」

現在ガイカクたちが製造している『臓器』は、医療用ではない。もちろん、食用でもない。もちろん、失敗作でもない。

つまり別の定格として製造されている、軍事用の試作機なのである。

「そういう理由で、開発されてからしばらくして違法になったんだが……今の俺の技術なら、高確率で成功作を作れる上に、失敗作を確実に見分けることもできる。そして……」

ガイカクは、ものすごく悪い顔をして誇示していた。

「普通の臓器の完全なるコピーとは違う、目的に合わせた新しいデザインの臓器を製造することさえ可能にしたのだ！」

「凄《すご》いです、先生！　尊敬します！」

「こんなことができるのは、先生だけですね！」

画期的な技術を誇示するガイカクに対して、部下である砲兵隊《エルフ》は素直に賞賛していた。

眼を輝かせ、尊敬のまなざしを向けている。

「でもそろそろ、この臓器をなんに使うのか教えていただきたいんですが……」

「それは後のお楽しみさ。まあドワーフたちに任せる新兵器の核心部分である、ということだけは教えておこう」

ガイカクは砲兵隊《エルフ》と一緒に研究をしているわけなのだが、何を目的として開発をしているのかは教えていない。

不思議そうにしている砲兵隊《エルフ》をむしろ面白がりながら、悪戯《いたずら》っぽく笑っていた。

「そんなにもったいぶらないでほしいもんだねえ」

そんなガイカクの元に、ドワーフのベリンダが現れた。

露骨に不満そうな顔で、部屋の外からガイカクを見上げている。

「どうしたベリンダ、ここに来る用事はないだろう？」

「依頼されていた仕事が済んだんでね……その報告だよ」

「俺が確認に行くまで休んでていいのに、ずいぶんと勤勉だなあ」

ガイカクがドワーフたちに頼んでいたのは、田畑で使う農耕機具の製作や、その倉庫を建てることであった。

彼女らからすれば、とても簡単な仕事であった。だからこそ逆に、少々の不満もあった。なお、その農耕機具や倉庫に違法性はないが、その田畑では栽培が厳格に規制されている植物を育てる予定である。

「いいかげん、騎士っぽいこともさせてほしいんでね」

ベリンダはじろりと、部屋の中を見渡した。

臓器のホルマリン漬けならともかく、明らかに生きている臓器が、試験管の中でぷかぷかと浮いている。

どうなっているのかさっぱりわからないが、とりあえず高度であることだけはわかった。その高度な仕事についている砲兵隊《エルフ》たちが目を輝かせていることにも、一定の理解ができる。

その間に自分たちがやっているのは、普通の雑用である。楽しいわけがない。

「まさか、不満なのかぁ？　新築の宿舎で、個室までもらっているのに、不満なのか？　毎日適切な量の食事と、十分な休憩時間を与えているのに、不満かぁ？」

その不満ぶりに、ガイカクは嬉《うれ》しそうにしている。

「この贅沢《ぜいたく》者めぇ～……うりうり。いままでどんな生活をしていたら、この待遇に文句

「ふざけるんじゃないよ、こっちは真面目なんだ」

ガイカクはベリンダの丸いほほを、ぐりぐりと突っつく。

その表情は、優越感に満ちていた。

「よし、それじゃあご希望の新しい仕事だ。お前たちが戦場で使う新兵器、その部品を作ってほしい。図面は、コレだ」

「……車軸と、歯車？　水車か風車でも作るってのか？」

ガイカクがベリンダに渡した図面は、歯車や車軸であった。

大小さまざまなそれを使うのは、ベリンダの知る限り水車や風車ぐらいであった。

「だいたい合ってるぞ」

「水車や風車で、どう戦うってんだ！　まさか脱穀や製粉を戦うとか言い張るんじゃないだろうね！」

「それはそれで立派な仕事じゃね？」

「そうだけども！　騎士っぽくはないだろうが！」

ふざけることを怠らないガイカクは、わざとらしくバカにしていく。

「おいおい。他所《よそ》の騎士サマだって、一般兵がやるような地味な仕事を、文句ひとつ言わずに淡々とこなすはずだぜ。多分」

「……もういい、この仕事は請け負った！」

「おう、頑張れよ～～！　騎士っぽくな～～！」

ベリンダは出て行き、最後まで挑発していくガイカクは残っていた。

そしてガイカクを見るソシエ、あるいは他のエルフたちの目は厳しい。

「先生……今のはないですよ。私、ちょっと行って励ましてきます！」

代表して、ソシエが部屋の外に走っていった。

ガイカクはそれを特に咎《とが》めることもなく、見送っていた。

そうして、ソシエは苛立ちながら歩いているベリンダに追いついていた。

「あの、ベリンダ……先生はその、悪気はないんです……いや、悪気はありますけど。でも、騙《だま》す気も陥《おとしい》れる気もないんです」

ソシエは正直なので、ガイカクの先ほどまでの言動に、悪気が無いとは言えなかった。

「先生はふざけている人ですけど、お仕事は真面目なんです。ですから、その……車軸と歯車を作ることにも、きっと意味がありますよ」

ベリンダは、ため息をつきながら応じていた。

「そもそも、ふざけるなって話なんだが？」

「大丈夫です！　ふざけていることが問題にならないぐらい、先生は凄い人ですから！　ベリンダたちドワーフも、先生にぞっこんになりますよ！」

結局ガイカクの部下たちは、彼の人格面に関して諦めている様子であった。

おそらく、ぜいたくを言える立場ではないと考えているのだろう。

ベリンダも、それがわからないわけではない。だがこのまま受け入れるのは、少々癪《しゃく》だった。

（少なくとも、このままなにもせずってのは、気が治まらないね……！）

3

夕飯を食べてさあ寝るか、というタイミングで自室に戻ろうとしたガイカク。

誰もいないはずの部屋から、気配を感じた。いや、威圧感を覚えた。だが邪気や殺気は感じないので、彼は興味さえ覚えつつ部屋に入る。

するとそこには、ほぼ裸で椅子に座っている、ドワーフの女がいた。もちろん、ベリンダである。

「よう、ガイカク。待ってたぜ」

「……なるほど、抗議か」

幼い体形に反して、実に勇ましく雄々しい姿であった。

彼女が『女性』としてここにいることは、あまりにも明白である。

「意外と穏当だな、不満があるなら即暴力かとも思ったが」

夜襲をせんと待ち構えていた、ベリンダ。

それに対してガイカクは『穏当』と表現した。

「そこまでじゃあない」

やはりベリンダも、それなりに穏当だった。

怒った顔はしているが、いきなり殴りかかるほどではなかった。

「実際んところ、前の職場よりも待遇はいいからねえ」

「そりゃそうだな」

ガイカクの職場環境は、かなりホワイトである。

魔導士《まどうし》であり医学にも精通している彼は『結局普通に休憩させた方が効率はいい』と知っているので、彼女たちの健康を害さない範囲でしか仕事をさせていない。

「仕事の内容も、まあ……前とそんなに変わらない。アタシらに回ってくる仕事なんざ、元々たいそうなもんでもないしね」

「ははは、まあドワーフ同士だと優劣が出るよな」

だがそれでも、押し殺せていない不満がある。

「……他の種族は、アンタから与えられた仕事をこなして、騎士団の任務に貢献しているじゃないか。それも、ものすごく楽しそうにねえ」

苛立《いらだ》たしそうでいて、嫉妬を押し殺しているようでもあった。

あるいは、理不尽への嘆きをこらえているようでもあった。

「あんな奴《やつ》らをみればさあ、アタシらも期待をしちまう。実際それを狙ってるだろう」

「まあ、な」

「そういうところが、気に入らねえんだ」

本当にドワーフが怒れば、なにもかもを投げ出して暴れているはずである。

そうなっていないということは、ガイカクの待遇は成功しているということだ。

が、それはそれとして、不満点は口にする。

「アンタ、肝心なことをアタシらに隠してやがる。それで一喜一憂しているアタシらを見て笑ってやがる。いきなり完成品を見せて驚かせたい？　アタシらは一応チームだろうが！」

「ううむ、一理ある。確かに誠実性に欠けるなあ」

それでもガイカクは笑っていた。

「だがな、これは俺の性分だ。変える気はねえよ」

「ああそうかい、まあここまできたからにゃあ、アタシもすんなり帰る気はねえさ！」

そのガイカクに彼女は組み付き、そのままベッドに運んで倒した。

「さあて、獣人《じゅうじん》やらオーガやら、エルフやらゴブリンやら……いろいろな女を相手に好き放題している自慢の『男』が……ドワーフ一人に負けて、それを言えるかねえ？　威厳を保てるかねえ？」

「俺をベッドで負かせて、弱みにしようかってか？」

「そういうことだよ……さあ男前ぶりを見せてもらおうか‼」

幼い見た目からは意外なほどずっしりと重い体重で、のしかかってくるベリンダ。

その彼女に対して、ガイカクは……。

「しょうがねえなあ」

一対一の決闘を受けたのだった。

4

翌朝。

ガイカクは普通に目を覚まして、朝の体操をしていた。

一方でベリンダは、毛布にくるまっていた。

「なんで勝てると思ったんだ、お前」

「いや……まあ……おう」

「悪いが俺は、ドワーフの体については骨の数から筋肉の密度から、味蕾《みらい》の数まで把握しているんだ。一対一なら負ける要素がねえ」

呆《あき》れているガイカクと、屈辱に震えているドワーフ。

雌雄を決する戦いは、ガイカクの圧勝だったようである。

「負けたんだからグダグダ言うのはナシだぜ」

「おう……わかった、アンタに……棟梁に従う……みんなにもそう言うよ」

当たり前だが……。

夜の戦いで負けたら相手に惚《ほ》れる、というのは幻想か、あるいは妄想に過ぎない。

ガイカクがいかに圧倒したとはいえ、ベリンダは彼に惚れてなどいない。

彼女が彼に従うと決めたのは、自分が勝負を吹っ掛けたのに、完敗して文句を言うのはダサすぎるからだった。

そのあたり、ドワーフらしいと言える。

「安心しろ、開発は順調だ。次の任務が来るまでには、訓練を含めて実戦投入できるだろうよ」

「わかった……信じる」

5

ガイカクがエルフと一緒に培養していた『臓器』は心臓であった。

人体に直接移植するわけではないので、正確には心臓と言えないのかもしれないが、それでも心臓の形をしており、心臓と同じ機能を持っている。

そう、ポンプとしての機能だ。

静脈から流れて来た血液に、圧力を加えて動脈側へ流す。これが心臓の機能であり、ポンプ以外の何物でもない。

つまりガイカクは、有機的なポンプとして、心臓を制作したのである。

「みろ、エルフたち！　この回転している車軸、シャフトを！　実験は成功だ！」

「……あの、だからなんですか？」

「わからないのか⁉　人工培養した心臓が内部の『水』に圧力をかけて送り出し、それを工業寒天で作ったパイプの内部を通過して、その先にある水車を回転させ、その動力を車軸に伝えているんだぞ⁉」

「……それは、まあ、ええ、見ればわかりますが」

「すごいだろ⁉　これが違法研究じゃなかったら、人類の歴史に刻んでいいぐらいだ！」

ガイカクは実験室内部で、動力の実験を行っていた。

培養した心臓をポンプとして、内部の水を送り出し、それをもって車軸を回転させているのである。

ちなみに工業寒天というのは、『弁天草《べんてんぐさ》』という海藻から作る透明な素材である。

最初は液体なのだが、型に流して冷やし固めれば、一定の強度と柔軟性を持った透明な容器となる。

それをもって透明なチューブを作り、わかりやすく模型にしているのだった。

「……いやまあ、水車ですよね？」

「そうだ！」

「心臓で水車を回しているんですよね？」

「まあそうだ！」

「これで、何をすると……」

ガイカクは大騒ぎしているが、エルフたちは冷ややかだった。

なにせ回っている車軸、シャフトが小さいのである。

動いている心臓もそこまで大きいものではなく、回っている水車も手に乗る程度の大きさで、車軸も揚げ物用の箸ぐらいの長さと太さである。

そして、その回転はしょぼかった。

「……これだから、初心者は嫌いなんだ。実験の意義がわかってない！」

「それはそうですけど、言ってくれないからわからないんですよ」

「逆に聞くがな、でっかいのを作って失敗したら、その時はどうするんだ。予算がとんでもないことになるだろうが、まったく……」

ガイカクの説明は、実にもっともだった。

「いいか、どんなに壮大な実験や建造も……まず小さい模型作りから始めるんだ。その方が試験回数もこなせるし、失敗した場合の事故も小さい。それに小さくても精巧なら、完成した場合に期待できる数値も予測可能だ」

「……そういうものですか」

「ああ。実験とはな、成功するためのデータ作りであり……どうやったら失敗するか、を試すためでもある。これからこの心臓の血圧や脈拍を上げて、どこまでいったら壊れるか、シャフトの回転数はどうなるか、などを確かめるんだ」

「地味ですねえ……」

「研究ってのは、そういうもんだ。これを怠ると、スポンサーの前でびくとも動かなかったり、あるいは実戦に投入したら破損したり、なんてことになる」

違法魔導士のわりに、魔導については堅実なガイカク。

いやさ、天才魔導士なのだから、基本はしっかりしているのだろう。

魔導ほど『基礎』が重要なものはない。

「……その記録を手伝うのはいいんですが、具体的に何を作るんですか？」

「もう作っているだろう？　心臓とその動力を伝える機構だ」

「いや、それは……最終的にどんな兵器になるんですか」

エルフたちは、大いに困っていた。

自分たちの実験が、何に至るのか。

それがよくわからないのだ。

「……程度が低いな。実利や実用化でしか物が見られない奴は、俗物としか言いようがないが……まあそれは楽しさを知った後のことだしな」

ガイカクは、もったいぶった後、話した。

「この機構を馬車に組み込んで、心臓の力で動かすんだよ」

ガイカクがドワーフに課す兵科。

それはこの世界初の、戦車兵であった。

「そう、奴らドワーフは、ドワーフ初の騎兵……動力騎兵になるのさ！」

6

さて、その後しばらくしてのことである。

国内にある、牧草地帯。

酪農が盛んに行われているこの地域には、当然多くの牛や馬、羊などが飼われている。

なだらかなこの地帯は見晴らしもよく、風を遮るものもなく、開放的で気分のいいところであろう。

もちろん暮らしている人間からすれば当たり前の光景で、特に楽しいこともない退屈な地域なのだろうが……。

それでも、過酷とは程遠い土地。人々は家畜とともに、牧歌的な暮らしをしていた。

とある羊飼いの青年も、その一人だった。

地球の先進国ではまだ学校に通う年齢の子供だが、この世界においては立派な大人である。

彼は親と共に羊飼いの仕事をし、日々の糧《かて》を得ていた。

実に善良で、実に健全で、実に模範的な若者だった。

彼は今日も相棒の牧羊犬とともに羊の世話をしていた。

まともに学校へ通っていない彼だが、羊の数だけは数えられる。一頭も見失うまいと、その眼《め》を皿のようにしていた。

彼の師匠でもある父は、よく言っていた。

この仕事で大事なのは、几帳面《きちょうめん》であることだと。

毎日同じ仕事の繰り返しだからこそ、惰性になりかける。

それゆえに、毎日同じことをしていても、失敗してしまうのだと。

その教えを生真面目に守る若者は、だからこそ気付かなかった。

自分の羊たちが耳を立てるその時まで、異変に気付かなかった。

「……な、なんだ？」

彼はそこでようやく、音の接近に気付いた。

「あ、あああぁ！」

彼は父から昔聞いた話を思い出した。

大昔、おじいさんの代に……。この地帯に、とても強い賊が現れたと。

そいつらは人間の賊ではなく……。

「ケンタウロスだあああああ！」

彼は絶叫し、羊とともに逃げようとする。

しかし悲しいかな、既に相手に捕捉されていた。

邪悪に笑う、恐るべき半人半馬の怪物たち。

彼らはその見た目に反さぬ健脚であっという間に羊の群れに突入し、その剛腕で軽々と羊を抱えていく。

「ははは！　こりゃあいい！　つかみ取り放題だ！」

「や、やめろよ！　やめろよ〜‼」

「はっ、こんなにいるんだからいいだろうがよおおお！」

ふざけた調子で、ケンタウロスたちは小ばかにする。

自分たちに比べれば圧倒的にのろまな人間に舌を見せ、そのまま悠々と、暴れる羊を抱えて去っていく。

その数は、二十人ほどだろう。

彼らが一頭や二頭抱えて去っていったところで、まだまだ羊は多くいる。

しかしこの羊は、この若者と家族にとって全財産なのだ。その幾割かをかくもあっさり盗まれては、彼の未来はとても暗い。

「ふざけ……‼」

必然的に、彼は敵の背を目で追った。

そしてそこで、見てしまったのだ。

逆にこちらをにらむ、恐ろしい敵の姿を。

「ふん」

ありとあらゆる意味で、こちらを見下してくるケンタウロスの大男、つまりはエリート。

その眼光に射すくめられ、若者は悲鳴を上げて、残った羊とともに逃げていく。

「命があるだけ、ありがたいと思うことだな」

ケンタウロスのエリートにして、この盗賊の頭《かしら》、ディッパー。彼はそう吐き捨てると、仲間とともに羊を抱えて逃げていく。

もちろん若者は、ケンタウロスの賊が現れたと、すぐさま親や近隣の者へ叫んだ。

彼らは現地へ向かい、その蹄《ひづめ》の跡を見て、本当だと理解する。

その報告は、領主へ届くのだが……。

「無理だ……逃げ回られては、普通の兵では追えない。待ち構えるしかないが……それでもエリートが混じっていればそれまでだ」

草原地帯において、ケンタウロスは無類の強さを発揮する。

　圧倒的な機動力を誇る彼らは、草原における頂点と言っていい。

「おそらく、奴《やつ》らはまたくる……騎士団に依頼せねば！」

7

　一か月ほど余暇をもらっていたガイカクは、ティストリアに呼び出されていた。

　騎士総長《きしそうちょう》の部屋に入った彼は、いつものように恭《うやうや》しく挨拶をする。

「おお、ティストリア様！　貴方《あなた》の忠実なる部下、奇術騎士団《きじゅつきしだん》団長、ガイカク・ヒクメ、参上仕《つかまつ》りました！」

「ええ、よく来てくれました」

　恭しいというか、もう逆に白々しい挨拶だった。

　とはいえ、ガイカクは確かに彼女の部下だし、忠実に仕事はこなしているので何もおかしくない。

　よって彼女は、表情一つ変えずに、彼の態度を流した。

「今回来てもらったのは、他でもありません。貴方に仕事の依頼をするためです」

「はい、何でございましょうか‼」

「酪農が盛んな地域で、ケンタウロスの盗賊団が現れました。二十人ほどであり、またエリートらしい頭目の姿も確認されています」

「……戦法は？」

「家畜や食糧などを奪い、そのまま逃走。それを週に一度ほどのペースで繰り返しています」

「定石ですな、厄介な手合いと見ます」

ケンタウロスは草原のような、なだらかな地形での機動力に秀《ひい》でている。

それは普通に戦うだけでも強いが、逃げに徹されるとまず追いかけることができない。

「すでに多大な被害が出ています、コレへの対応が貴方の任務です」

「……」

ここでガイカクは、一旦道化めいた振る舞いをやめていた。

しばらく黙り込み、フードの中で手を動かしている。

「ティストリア様、少々ご相談が」

「なんでしょうか」

ガイカクはごく普通の口調で、話を始めた。

「……という作戦を考えているのですが、少々お力をお貸しいただければ」

「なるほど、多少の手配はしましょう。ですが……」

「ええ、借りたからにはお返ししますし、使い潰せば報酬から差し引いていただいても構いません」

「それならば構いません」

ティストリアはそれを特に気にした風もなく、淡々と話を進める。

「ですが、徴用については認めませんので、そこは領主と相談を」

「はっ、そのように」

お互い仕事については実利優先であるため、余計な問答は起きなかった。

だがここで、ガイカクは思い出したように決まり文句を口にする。

「奇術騎士団の名に恥じぬよう、手品のように解決いたします」

8

今回襲撃されている地域を治めるルクバト子爵は、騎士団から返ってきた手紙を読んで不安そうにしていた。

出動要請は請け負った、そちらへ『奇術騎士団』を送り込むと。

父親から領主を引き継いで数年が経過しただけの、まだ年季の浅い領主。

彼は正直に言って、不安でしかなかった。

（奇術騎士団ってなんだ⁉）

最近売り出し中だという、ティストリア肝煎りの騎士団長、ガイカク・ヒクメ。

なんでも手品のように現れて、手品のように解決するという。

ボリック伯爵の下で仕事をしていたが、彼女に引き抜かれてそのまま騎士団長になったとか。

（普通のが良かった……）

自分たちは騎士を呼んだのだから、騎士のように現れて、騎士のように戦ってほしかった。

手品的な要素は、まったく期待していなかった。というか、こっちは真面目なのに、なんで色物をよこすのか。

とまあ、ごもっともなことを考えていた。

そのあたり、茶番であることを自覚していたアルヘナ伯爵や、ワサト伯爵とは切実さが違うのである。

とはいえ、返答の文章には『他のは出払ってます』と書いてあるため……。

仮に奇術騎士団がいなければ『ちょっと待ってね』と言われていた可能性が高い。

その理解もあるので、帰れ、とは言えなかった。

「騎士団へ依頼をしてからもすでに三件、新しく被害が報告されている……このままでは税収に差し障《さわ》る上に、私の支持率も……！」

彼は政治家らしく危機感を覚えていた。

もうこの際仕方がないので、奇術でも色物でも騎士団に頼るほかない。

そう思っている彼の部屋へ、ガイカク・ヒクメが現れた。

「いひひひひ！ルクバト子爵様、お初にお目にかかります！　私、ガイカク・ヒクメと申します！」

(なんてうさんくさい男だ……！)

顔をフードで隠した、素肌一つ見せない、うさんくささの見本。

ガイカク・ヒクメの登場に、彼は思わず言葉を失った。

失いはしたが、しばらくすれば言葉を取り戻す。

藁《わら》にもすがる思いで、ガイカクへ依頼を始めた。

「ようこそいらっしゃいました、ヒクメ卿《きょう》！　この度は我が領地へ救援に来てくださり、感謝の言葉もありませぬ！」

「げひひひ！　ティストリア様からのご命令とあらば、どこへも向かうのがこの私……ガイカク・ヒクメにございます！」

（色物が来たな……！）

名前通りの奇術騎士団だった。

いっそ違っていてほしかったが、そうもいかないらしい。

「ご連絡したとおり、現在我が領地はケンタウロスの賊に襲われております。なんとか襲撃を防ぎたいのですが、相手は神出鬼没なるケンタウロス……我らが救援に向かう頃には、もはや行先《いきさき》は知れず……己の非力が呪わしい」

「ヒヒヒ……そう落ち込まないことです、ルクバト子爵様。相手がケンタウロスの群れならば、我らがいたとしても、いえ、他の騎士団でも難しいことでしょう」

（……なんか普通だな）

怪しい振る舞いをする割に、割と普通な感じの対応だった。

「また、申し訳ないのですが……ティストリア様から救援として参上した身として心苦しいのですが、私どもだけでは今回の事態に対応しきれませぬ。領主様の兵と、協力体制をとりたいのですが……」

「も、もちろんです！　今兵を動かさずして、いつ動かすというのか！」

「ご理解くださり、ありがとうございます……ひひひ……！」

（怪しい男の演技と、仕事を進める実務が混雑している……）

色物でも騎士団であるらしく、話の内容はまともであった。

これにはルクバト子爵も安心である。

「では……ご報告のあった、襲撃されうる村へ、兵力を派遣いたしましょう。私の兵はお世辞にも正騎士《せいきし》、従騎士《じゅうきし》の水準にありませんが、それでも並の兵士程度の働きは致します。それが百ほど……」

「いえ、十分心強いです！」

「それから、オーガも二十ほど……これも並のオーガほどの実力がありますので……」

「そ、それは頼もしい！　私の手勢と合わせれば、十分各村を守れまする！」

思ったほど強大ではないが、十分な『人数』だった。

子爵の顔が、一気に興奮する。

「また、ティストリア様に嘆願し、備蓄されていたクロスボウと長槍《ながやり》をお借りしてきました。かなりの数がございますので、これを民へ配れば彼らも戦力として数えられるでしょう。ただ……徴用は許可されておりませぬ。その判断は、子爵様に……」

「民でも扱える武装を？　既にここへ？」

「はい、ティストリア様からのご配慮にございます」

「そうですか……民に力を借りねばならぬ、というのは心苦しいですが……彼らもまた、己の財産を守るために立ち上がるでしょう。徴用を発令する必要はないかと」

「げひひひ……！」

（準備のいい男だ、ありがたい……）

ケンタウロスとはいえ、雑に言えば騎兵である。

こちらが長槍やクロスボウを装備していれば、倒すことはできないまでも追い返すことはできる。

民兵というのはいささか不安もあるが、現場へ本職の兵も派遣できるのなら安心だ。

「普通のケンタウロスだけなら、これでも十分。とはいえ、相手にはエリートのケンタウロスもいるとか……」

「実際に戦ったことはないそうですが、目撃証言があります」

「それならば、いると考えるべきでしょうなあ。そして賊に身を落とすようなエリートは、自分の万能さを疑わぬもの。強硬策に出て、こちらへ被害を及ぼす可能性もある」

「……おっしゃる通りです」

「そこで私の策が」

十分な防衛戦への備えを説明されたうえで、さらに『策がある』と言われ、子爵は思わず『なんだ、思ったよりまともじゃないか！』と叫びかけた。

それを言うと信じてなかったのか、という話になるので飲み込むことにした。

「まず、いくつかの望遠鏡を用意いたしました。周囲が草原ならば、少々の高いところからこれを使えば、接近を早期に察知できるはず」

「お、おお！　高級品ですな、ありがたい。物見台は各村にもありますので、そこに置きましょう！」

「それからもう一つ、私特製の発煙筒……狼煙《のろし》を用意いたしました。賊が接近次第、これをもって合図を送っていただきたい。私が本隊を率いて、そこへ救援に参ります」

「おお、歩兵百人とオーガ二十人さえ、本隊ではないと。それは頼もしいですな！」

望遠鏡で早期発見、狼煙で早期の救援要請。

非常にわかりやすく、なおかつ効果がてきめんな対策だった。

もしも自分が敵側なら、相手が狼煙を上げた時点で逃げ出すだろう。

そう思いかけたところで、ルクバト子爵は少し不安になった。

「しかし、相手はケンタウロス。この周辺一帯の地形においては、無類の強さを誇ります。果たして騎士団でも、救援が間に合うかどうか……」

兵力を各地へ配置して、待ち構える。

これについては、機動力を持った敵に対する適切な対応だろう。

だが救援部隊が到着するまで、相手が残っているか、となると怪しい。

「ゲヒヒヒ！」

だがその懸念《けねん》を、ガイカクは笑い飛ばす。

「子爵様……いくら相手が強いとはいえ、たったの二十人、単独の編成！　そんなものを怖がる必要がどこにあるのですか？」

草原地帯でのケンタウロスは、たしかに強いだろう。

適性の高い地形で、適切な運用がされているのだろう。

だがそれでも、準備を終えていれば対応は可能だ。

「その懸念よりも先に、まずは兵の配置をいたしましょう。さすればむざむざ家畜や食糧を奪われることはないはず……」

「おっしゃる通り！　流石《さすが》に配備せねば、何もできませぬからな！」

ガイカクの提案に、子爵は乗っていた。

このままでは一揆《いっき》が起きかねないので、早急《さっきゅう》な対応が必要となる。

(定石を打つ戦力を保持したうえで、奇策へ兵を割ける……羨ましい話だが、一体どうやって解決するのだろう)

子爵はやはり、心中で疑問を消せなかった。

各地に戦力を送り、襲撃の際には防衛に徹する。そうして時間を稼いでいる間に、救援部隊で挟み撃ちにする。

なんとも普通だが、だからこそケンタウロス相手に成功させるイメージが浮かばない。

いっそ荒唐無稽な作戦の方が『そうなるかな、なるかも』と思えただろう。

(奇術騎士団《きじゅつきしだん》……尋常の騎士ではないというが、一体どんな手品を使うのだ……)

その疑問を嗅ぎ取ったのか、ガイカクは笑う。

そう、これがたまらない。

(不思議そうにしているなあ……俺の新兵器を投入するには十分な空気だ！　さあ、違法でなければ歴史を変える大発明、そのお披露目《ひろめ》だ！)

彼は今、歓喜の予感に震えていた。

9

現在領内の酪農家たちは、厳戒態勢を敷いていた。

領主から……正しくは国の備蓄から貸し出された武器を、いつでも取り出せる場所に置いてある。

普段は温厚な領民たちも、ケンタウロスが襲撃してくれば、自分だけでも突っ込む気概を持っていた。

平時は惰性でやっているような物見台の見張りたちも、今は血眼で周囲を警戒していた。ガイカクが貸し出してきた望遠鏡によってテンションも上がっており、自分自身が騎士になったかのような気分にもなっている。

領主の兵、ガイカクの兵が主力として配備されていることもあって、酪農家たちの村はもはや軍事拠点のような殺気を放っている。

自分たちの財産を、生存のための糧《かて》を奪おうとしてくる者が相手なのだから、当然の士気の高さだった。

しかしながらその士気の高さに、ルクバト子爵の兵たちはやや不安そうだった。

「領民たちが怖がっていないのは結構ですが……城のような壁のない防衛戦においては、これは良くないかもしれませぬ」

そう口にしている兵たちは、およそ三十人。もちろん正規の訓練を経た兵士だが、それでも少々不安のある数だった。

「そうですね、防衛戦には我慢強さ、うかつに前へ出ない規律が必要になります。士気の高さが、暴走を招く危険もある」

そしてガイカクの派遣した兵は、人間もオーガも全員女だった。

またオーガは武装が少々変わっていて、毛むくじゃらの鎧《よろい》を着ている。

正直それも不安要素だったが、彼女たちはまともに状況を見ていた。

「しかし、我らに最も期待されている効果は、抑止力。士気の高さなくして、それはかないますまい。懸念されている点は我らが敵よりも恐ろしく振る舞うことによって、なんとか繋《つな》ぎ止めねばなりません」

「……そうですな」

「何よりも問題なのは、早期発見……いかに敵を早く見つけ、それを伝えるか。それに尽きます。見張りが張り詰めていることを、よく思うべきでしょう」

「……その通りです」

作戦自体に変なところはないし、何なら他にどんな作戦が思いつくのかという話でもある。

問題は敵が強い、速いということだ。

（あてにできる戦力は、オーガが五人、人間の歩兵が合わせて五十人。エリート交じりのケンタウロスたちを相手にしても、死ぬまで戦えばこちらが勝つだろうが……そんなことが起きてはたまらない！）

ガイカクも言っていたが、兵が死んだら損失は大きいのだ。

木っ端《こっぱ》貴族であればあるほど、兵一人の重要さが増してくる。

もちろん今回の迎撃で殉職しても、無駄死にではない。だが……やはり子爵と、この領地にとっては負担だ。

もちろん領民も、その家畜も同じである。

（我らもそうだが、民兵への犠牲もなんとか小さく抑えたい……そのためには、本隊の到着が早くなければならないが……）

今ここに敵が来るとは限らない、別のところに来ている可能性もある。

むしろ警戒していることを悟って、さっさと逃げているかもしれない。

いやいっそ、そうであれば、これ以上傷つかずに済む。

現実を知るが故の弱気さが、兵の中にあった。

だがしかし、それは今この場で裏切られる。

「け、ケンタウロスだ‼」

「警鐘を鳴らせ！」

「の、狼煙だ！　狼煙を上げろ～～‼」

物見台から望遠鏡で警戒していた領民が、のどが裂けるような絶叫を上げた。

警鐘を鳴らす前から、村全体へ響くような大声であった。

それを聞いて民兵たちは大いに慌てだし、逆に正規の兵たちは慌てずに動き出す。

「慌てるな！　我らがいる！　救援部隊も到着する！　腰を据えろ！」

「いくらケンタウロスとはいえ、望遠鏡で見つけた距離から、一気に飛んでくることはない！　奴《やつ》らも生き物、近づくまでは全速力を控えて、足を溜《た》めている！」

「こっちにはオーガもいる！　近づいてくれれば、なぎ倒してくれるとも！」

領主の兵たちは、安心材料を並べた。

あながち、間違いでもない。勝てないほどではないし、なんなら有利だ。

だが、犠牲を覚悟しなければならない。それが恐ろしい。

「……子爵殿の兵よ、私たちは騎士団に属するが、お世辞にも騎士を名乗れる強さはない。奇術騎士団はしょせん色物、実態はそんなものだ」

「な、何を……それでも心強いですよ」

「ですが、我らが主《あるじ》は……騎士団長だけは……我ら全員の非力を補って余りある！」

ガイカクの配下たちは、当然作戦の全容を把握している。

つまり、ガイカク率いる本隊がどこにいるのかを把握している。

この村の住人、あるいは領地全体にとって幸運なことに。

そして盗賊たちにとって不運なことに。

「騎士団長殿はほどなく到着なさる、もう誰も死なずに済むぞ……！」

襲撃されたこの村は、本隊が待機している地点から一番近い村なのだ。

10

発煙筒による、狼煙。遠くから見えるように煙を上げて、それを見せることで合図を伝える。

大昔からある『通信手段』の一つであり、銅鑼《どら》の音などが届かない遠くにまで伝達ができる。

もちろんひどくシンプルな合図しかできないが、それでも救援要請には十分だった。

ガイカク特製の発煙筒から、色のついたまっすぐな煙が出て、空へ昇っていく。

その様を、当然ながらケンタウロスたちも見ていた。

「おい、ディッパー。なんかいつもと村の様子が違うぞ」

「狼煙を上げているし、中には兵も見えるぞ。どうする、面倒だし引き返すか？」

「……そうだな、行っても何も手に入りそうにない」

若きケンタウロスの男たちは、軽快に走りながら相談をする。

迎撃態勢を整えられているのは厄介だが、極論逃げればいいと思っている。

高い機動力があるとはそういうことだ、いつでも逃げられるから余裕を持てるのである。

「だが、怖いから逃げ出した、と思われるのはシャクだ。必死に戦おうとする人間どもをいじって遊んで、悠々と帰ってやろう」

「ははは！　そうだな、飯はもう十分奪ったしな！」

「御大層に構えたって、俺たちには何もできないって教えてやろうぜ！」

絶対的に有利な地形にいるとき、生物はどこまでも傲慢になる。

この環境における絶対強者だ、という自覚があればこそ、全体がリラックスするのである。

「それじゃあ一丁矢をあびせてやるか」

「なんかほとんど使わなかったもんな、盗むのが簡単すぎて！」

「そうだな……楽しませてもらおう！」

ケンタウロスの若きエリート、ディッパー。

彼は若さに任せて、手勢とともにやんちゃを楽しんでいる。

もしも彼が大成すれば、若いころはワルだった、などと歴史に記されるだろう。

今日という日を、乗り越えられればの話だが。

「は、はははは！　はははは！」

村へ接近するケンタウロスたち。それとは別方向から『土煙』を上げて別の一団が接近している。

その速度はケンタウロスに劣るものの、常人や普通の馬車を大きく超えている。

「いいぞ、いいぞ！　最高だ！　このままなら、村に到着する前に接触できる！　そうすれば味方に被害が出ないまま、作戦を進めることができる！」

爆走するのは、四台の車両。

この世界で初めて生まれた、自らの動力で走る『自動車』。

六個の後輪と二個の前輪で草原を快走する、有機的な装甲に守られた軍用車。

一台につき九つの心臓を内蔵し、その血圧によって後輪を回転させて前進する、画期的にして革命的にして悪魔的な兵器。

「棟梁《とうりょう》、ちょっと声小さくしてくんな！　ただでさえ心臓《エンジン》がうるさいってのに、やかましくてかなわないよ！」

大声で笑うガイカクのすぐ後ろには、機関部で作業をしているベリンダがいた。

いや、彼女だけではない。

「血圧正常！　血流正常！　巡航速度を維持！」

「他の車両も、今のところはすべての心臓が快調なようです！」

各車両には五人ずつ、整備兵を兼ねるドワーフたちが搭乗している。

そしてガイカクが運転《そうだ》しているのは、当然ながら先頭車両であった。

「見てろ、ケンタウロス！『強化心臓動力車両《ナインライヴス》』のお披露目……そして、奇術騎士団《きじゅつきしだん》の新兵科、動力騎兵隊《ドワーフ》の初陣《ういじん》だあ！」

車両というのは、故障するものである。戦地を、舗装されていない道を走るのならなおさらだ。

ましてこの世界のこの時代、自動車なんてものが走ることは想定していないため、道の整備はさっぱりである。

だからこそこのナイン・ライヴスを運用するのは、修理技能も仕込まれた動力騎兵隊《ドワーフ》でなければならないのだ。

「しかしこんなもんができるとは、アタシらも驚きだよ！」

最初こそ不満たらたらだったベリンダたちだが、今ではもう新兵器に夢中である。

何のために作っているのかわからなかった歯車や車軸が、立体的なパズルのように組み合わさって『自動車』になった。

設計図を渡された時は大いに沸き立ち、実際に走った時は歓声をあげ、実戦に投入されている今は大興奮であった。

「しかも意外と揺れなくて乗り心地がいいし……」

「コレの前段階から、振動のせいで栄養タンクや心臓のケースが壊れまくってな……振動をある程度殺さないと使い物にならないってわかったんだ。だからタイヤをゴム製にしたり、スプリングをつけたりして、なんとか完成させたわけだな」

天才を自称するだけのことはある。

ガイカクの試作機は、走り出して数分で故障、ということもなく走れている。

訓練を積んだこと、五人体制で操縦していることもあって、どう運転していいのかわからない、なんてこともなかった。

「で、ここからはどうするんだい？　まさか走って追いかけたら勝てるなんて思ってないだろう？」

「相手次第だな！　だが安心しろ……まず負けん！」

ベリンダからの質問に対して、ガイカクは運転《そうだ》をしつつ応えていた。

「機関部、わかってるな！　心臓は一組ずつしか動かすなよ！」

「了解！」

このナイン・ライヴス、九つの心臓《エンジン》を搭載しているわけだが、常に九つすべてを動かしているわけではない。

始動時及び最高速度を出すとき以外は、三つずつしか動かしていない。

三つ一組で、計三組。それらで機構が独立しており、心臓六つが故障してもそれなりに走れるようになっている。

現在巡航速度で走っているため、動いているのは三つだけだった。

ちなみに……このナイン・ライヴス、アクセルもブレーキもクラッチもギアチェンジもないため、実質この心臓操作だけで速度の変更を行っている。

よって、地上をタイヤで走る車ではあるのだが、構造で言えば海上のモーターボートに近い。

「こちら側面！　敵が接近してきます！」

「よし！」

ちなみにサイドミラーもバックミラーもないので、操舵手《うんてんしゅ》は周囲の環境を把握できない。

専属の監視員がのぞき窓から外の様子を確認するようになっている。

「ぜ、全車両が包囲されました！　ほ、本当に大丈夫ですか？」

「問題ない！　相手がエリートだとしてもなあ！」

その監視員が、悲鳴を上げ始めた。ケンタウロスの賊たちが、近づいてきているのである。それどころか、包囲されつつあった。

「なんだこれ……なんで馬も牛もないのに、車が走ってるんだ？」

この世界における車とは、基本的に動物やヒトが牽引《けんいん》するものである。

内部に動力を搭載して自走する、というのはこのナイン・ライヴスが初めてであるため、当然ケンタウロスたちも見るのは初めてである。

彼らは興味深そうに、速度を合わせて並走を始めた。

「なんかすげえどっこんどっこん言ってるし……」

「あんまり近づきすぎるなよ、中から撃たれるかもしれん」

「はっ、そんな間抜けなことになるかよ！」

一般人が全力疾走しているような速度を維持しているナイン・ライヴスだが、ケンタウロスたちからすればとろとろと散歩をしているような速度である。

それゆえにナイン・ライヴスを舐《な》め腐っており、その手で外壁をバンバンと叩《たた》いてさえいた。

これが世に言う、『あおり運転』である。

この世界初の自動車であるナイン・ライヴスは、初の実戦投入で、そのまま初のあおり運転を受けることになったのだった。

「た、叩いてきたぞ！」

「良し、じゃあぶつかっていくか！　全員近くの手すりに掴《つか》まれよ、揺れるぞ！」

やられたからにはやり返そうと、ガイカクは邪悪に笑って全員へ号令を出す。

ちなみにこのナイン・ライヴス、シートベルトがない。

なんなら、まず座る椅子がない。それこそ船のように、全員立っている。

「面舵《おもかじ》一杯！」

面舵一杯、とは『右に曲がります』という意味である。

ガイカクは舵輪《ハンドル》を右に切って、右側面にいたケンタウロスへ豪快にぶつかりに行った。

これを専門用語で、カーチェイス、危険運転という。

「う、うぉおおお⁉」

自分の何倍も重そうな車が、いきなりぶつかってこようとしてきた。

側面を叩いていたケンタウロスは、あわてて距離をとる。

「バカが！　さっさと離れろ！」

「わ、わかったよ！」

普通にぶつかられれば、それだけで大事故だ。

それがわかっているからこそ、ディッパーはふざけている仲間へ注意を喚起する。

「ったく！　馬鹿にしやがって！　こんなオモチャ、穴だらけにしてやるよ！」

槍《やり》が届きそうな距離で、ケンタウロスの一人が弓を引き絞った。

遊牧民が使いそうな、小さめの弓。

それの射程は通常の弓より短いが、それでもこの距離なら絶対に外れることはなく、威力も十分以上だろう。

それこそ、弱いものをイジメてやろう、という程度の調子で、彼は矢を放った。

勢いよく放たれた矢は、失速する前に命中し、ずぶっ、と木の装甲にめり込んだ。

いや、軽く刺さっただけだった。切っ先のごく一部が、軽く刺さっただけで、車の振動と風圧だけで抜けて、落ちていく。

まさに歯が立たない状況を見て、若きケンタウロスたちは、はあ？　と憤《いきどお》った。

「おい、何だよコレ！　ふざけやがって！」

「落ち着け……俺がやってみる！」

この仲間のエリートである、ディッパー。

彼は仲間よりも数段強い弓を構え、それを大きく引き絞り、極めて近い距離で矢を放った。

すると今度は、刺さるどころか矢が砕けていた。

単純に鏃《やじり》より装甲の方が強く、打ち負けていたのである。

「……なるほどな、中に鉄板でも仕込んでいるんだろう」

ディッパーは不愉快そうに吐き捨てた。

実際には鉄のような重いものを装甲には使っていないが、別の手段で装甲を堅牢《けんろう》にしているので、そう的外れでもない。

「どうする？　お前が通じないなら、俺らが何やっても駄目だぜ？」

「とろとろ走ってる、頑丈なだけの車……もう放っておかないか？」

「つまんねえよ、こんなの！　もう村を襲おうぜ！」

「そうだな、これを壊してもいいことないしな」

「……いや、退《ひ》くぞ」

ここでディッパーは『賢明』な判断を下した。

「考えてみろ、このまま とろとろ追いかけられつつ、武装している人間どもと戦えるか？」

「それは……うっとうしいな」

「奪ったとしてもその後は荷物が増えるから、俺たちも鈍《のろ》くなる。場合によってはひき殺されるぞ」

「面白くない話だ……が、まあ、あれだけ準備して、これだけのものを作って、俺たちが逃げ始めたら追いかけられない、というのは奴《やつ》らも悔しがるだろうな」

その気になれば追いつかれることはないが、こちらの攻撃が通じない車。

それはそれなりに面倒で厄介で、相手にしたくない敵だ。

ディッパーは合理的に判断し、仲間を率いて去っていく。

そう、相手が万全の態勢を整えているのなら、さっさと帰るのが正しい。

「いくぞ、ぶっちぎれ！」

ディッパー一行は、一気に加速する。草原最強を誇るケンタウロスの、全力疾走。

それは並走していたナイン・ライヴスを置き去りにして、一気に地の果てへと消えていく。

「敵、逃走を開始しました！　アタシたち……じゃなかった、車両から離れて、そのまま村からも遠ざかっていきます！　結構速いです！　追いかけますか？」

「もちろんだ！」

被害が出る前に相手を追い返せたのだから、そう悪い話ではない。

だが何の痛手も与えずに追い返しただけでは、また別の村が襲われかねない。

なんとしても追撃し、二度と盗賊ができないようにしなければならないのだ。

「それじゃあ全部の心臓《エンジン》を……」

「いや、あくまでも作戦通りだ！　観測手、屋根に上がって望遠鏡で敵を追跡しろ！　地図手も一緒に上がって、現在地の確認！　相手の進行方向からルートを想定しろ！　通れない道を確認だ！」

ケンタウロスが真面目に走り出せば、三分の一の動力しか使っていない現在のナイン・ライヴスでは追いつくことなどできない。

「さあ、ケンタウロスども……お前たちの体に教育してやるよ！　人間の狩猟をなあ‼」

だがそんなことは、ガイカクにとって想定内。

彼はあくまでも、獰猛《どうもう》に笑っていた。

11

全力疾走によって奇妙な車を振り切った後、若いケンタウロスたちは不満そうに走っていた。

元々彼らは、ただ暴れたいから略奪をしていたのだ。

気分よく略奪し、気分良く逃げ出して、相手を困らせてやりたかっただけだ。

それができなかったのだから、それはもう不満たらたらである。

「まったく、なんなんだ、アレ。なんで走ってたんだ？」

「そうだよなあ……装甲が厚いのは、まあわかるが……」

「中にオーガでも入ってて、押してるんじゃないか？」

「……想像したら笑えるな！」

だがそれでも、すぐに気を取り直した。

何のことはない、また別の場所で暴れればいいだけのことだった。もう逃げ切ったのだから、もう過ぎた話なのだ。

そう、思っていた。

一気に全力疾走をして、振り切って、今はもうとことこと走るだけ。気を抜いていた彼らだが、ディッパーだけは何かに気付いた。

「……おい、お前たち。後ろを見てみろ」

「は？　あ……おいおい、アイツらまだこっちに向かって走ってるぞ」

「とろとろとろとろ……うっとうしい奴らだなあ」

なだらかな草原地帯であるがゆえに、追跡する方もされる方も丸見えである。

四台のナイン・ライヴスが後方から迫ってくることは、望遠鏡を持っているわけでもない彼らにも丸わかりだった。

「仕方ない、もう一度走って振り切るぞ」

「は？　おいおい、まだ走るのか？　こっちはくたくただぞ」

「このままアジトに案内してみろ、それこそアジトを潰される」

このケンタウロスたちは、草原のとある場所にテントを張って、そこを拠点としている。

もちろん今もそこに帰る途中なのだが、このままでは相手も案内することになる。

それでは、今度はこちらが拠点を潰されるだろう。

「奴にはこっちの矢が通らない、おそらく刀で切りかかっても、同じようなものだろう。

それでどうやって、アレを止める」

「それは、まあそうだけどよお……」

「走って振り切るしかないんだ、続け！」

「いや、待てよ！」

ディッパーは加速しようとしたが、誰もそれについてこない。

いや、違う。ついていくことができない。

「だから！　もう走れないんだよ！」

「……しまった‼」

ディッパーは、己の若さを恥じた。

改めて後方を見れば、そこには速度を一切緩めない敵がいる。

一定の速さを保って、確実に追跡してくる、こちらの攻撃が通らない敵がいる。

「おいおい、そんなに慌てることか？　まだまだ距離はあるだろ？」

「そうだ、それに奴らだって疲れる、さすがに追いつかれはしないだろう」

「もしも……もしも！」

のんきな仲間へ、ディッパーは最悪の事態を伝えた。

「もしも、疲れなかったら、どうするんだ！」

12

さて……地球の、地上最速の動物と言えば、チーターであろう。

このネコ科の猛獣は、地上において誰よりも速く走ることができる。そのスピードをもって、獲物に食《く》らいつくのだ。

ではチーターの狩りが絶対に成功するか、と言えば否《いな》である。最速の獣であるチーターだが、狩りの成功確率は決して高くない。

草食獣たちは自分より速い敵からどう逃げるのか、というと……持久力で勝負をする。

チーターは確かに速いが、その最高速度を維持できる時間は極めて短い。

その短い時間で捕らえられなければ、チーターは疲れ切って追跡できなくなる。

草食獣が逃げ続けていれば、逃げ続けることができれば、なんとか撒《ま》くことはできるのだ。

これは多くの獣に共通することで、肉食獣は短距離走、草食獣は長距離走に向いている、ということになっている。

では、人間はどうなのか。雑食性であり、草食獣も襲う人間。この獣は、どうやって狩猟をするのか。

弓矢や吹き矢を使う、投石機を使う……など、遠距離攻撃をする。それも確かに、人間らしい。

だがもう一つ、人間の強みを活《い》かした狩猟法がある。それは、持久狩猟。

持久力に秀《ひい》でているはずの草食獣を、それ以上の持久力で追いかけて弱らせて、もう動けなくなったところを狩るのだ。

そう……実のところ人間以上の持久力を持った動物はそういない。

ちょっと訓練すれば42・１９５キロさえ走れる人間は、逆にそれが当然だと思うだろう。

だがそんなに長い距離を、草食獣……例えば馬は走ることができない。

馬は人間よりも遠くへ走れる、というのは思い込みに過ぎない。

馬などの草食動物が持久力に秀でているというのは、肉食獣と比べてのことだ。人間に比べれば、ほとんどの動物は体力に乏しいのである。

半分馬のケンタウロスたちも、それと同じだ。

一定の距離までは人間よりも数段速く走れるが、それを超えると疲れ切ってしまう。

仮に時速六十キロで走れるとしても、一時間その速さを維持できるわけではない。まして一日中維持するなど、絶対にありえない。

「普通の騎兵なら、馬を替えることができる……だがお前たちはどうかな？　人馬一体のお前たちは、切っても切れないもんなあ……」

ガイカクは、獰猛に笑っていた。

「それに対してこのナイン・ライヴスは今、搭載している九つの心臓《エンジン》の内、三つずつしか動かしていない。その間、残る六つの心臓は休憩できる。三つ、三つ、三つのローテーションを組めば、栄養タンクが尽きるまで走り続けられる！」

「運転《そうだ》してるだけでも疲れるけどね……」

「それでも『自分の脚』で走っている奴らよりは疲れない！　もちろんエリートなら基本となる速度が違う分、まだまだ余裕はあるだろうが……他の連中は、もう走れないだろう？」

今のケンタウロスたちは、たとえるのならフルマラソンを走ったすぐ後の状態だ。

しばらくクールダウンを挟んだとしても、今日一日はもう走れない。歩くのもやっと、というコンディションだ。

「今からバラバラに逃げるとしても、疲れた体じゃさほどの距離を逃げられまい。そもそもこっちは四台いる、捕まえるんじゃなくてひき殺していくのなら流れ作業だ！」

「本当に作戦通りに進んだねえ」

「結局一台も壊れなかったからな！　いやあ、ドワーフ様々だ！　マジで部品の精度が良かったんだな！」

「全部巡航速度だったからね……最大速度を出していれば、さすがに二台ぐらいは壊れてたかもね」

ケンタウロスたちが疲れている一方で、ガイカクはハイテンションだった。兵器が想定以上にうまく動いて、作戦が想定通りに進むと気分がいいものである。

「まあとにかくだ……奴らと俺たちには、まだ距離がある。このまま詰めていくのなら、相手には時間を、猶予を与えることになるな」

「まだ何かするかもって？」

「ああ……まあもっとも」

ガイカクは邪悪の極みのような、害そのもののような笑みを浮かべた。

「その、打てる手さえも……こっちは押さえてあるわけだがな」

13

ケンタウロスの若きエリートたるディッパーは、この状況に憤慨していた。

遮蔽物がない、なだらかな平原。本来ケンタウロスにとって有利な地形が、自分たちの首を絞めている。

「忌々《いまいま》しい……‼」

これが戦闘なら、まだ相手に敬意を持てる。だがこれは、明らかに狩猟だ。

こちらの武器が通らない装甲で固めて、疲れるまで追い回す。これは本当に、狩猟以外の何物でもない。

「我らケンタウロスを、獣扱いしてくるとは……！」

だが忌々しく思う余裕があるのは、ディッパーだけだった。

他の者たちは、だんだん近づいてくる四台の化け物に、もはや諦めつつあった。

「ディッパー……お前だけでも逃げろ！」

「なんだと？」

「俺たちは、もう、無理だ……走れねえ……」

「お前だけなら逃げられるだろう、俺たちを置いていくんだ」

なるほど、賢明な判断である。

というよりも、もう他に思いつく手がない。

弓矢が利《き》かず、走って逃げられない相手に対して、ケンタウロスはできることがない。

「……そんなことをして、どう生きろというんだ！」

だがしかし、皮肉にも、ディッパーにはまだ余裕があった。

余裕があったからこそ、自分だけ逃げるという選択ができなかった。

「で、でもよ……あいつら、どんどん近づいてくるぜ……」

「アレがどういう手品で動いているのかわからんが、我らより先に疲れることを期待することはできない。もう我らは駄目だ……」

「……！」

屈辱だった。

こんな狩りみたいな方法で追い詰められて、その挙げ句味方を見捨てるなど。

（俺があいつらに突っ込んで……いや、無理だ。一台ぐらいなら突っ込んで壊せるかもしれないが、四台は無理だ！）

ケンタウロスのエリートであるディッパーは、通常のケンタウロスより数段強力な脚を持っている。その蹴りならば、あの装甲を壊せるかもしれない。

だが馬の骨格上、走っている相手に蹴りかかる、というのは簡単ではない。

場合によっては足をひねって、そのまま骨折しかねない。そうなれば、もう戦えないだろう。

というよりも、そんな簡単に壊せるのなら、さっきの段階でやっている。

(何かないか、何か……！)

ディッパーは、必死で考えを巡らせた。

そして、その視界に『地形』が映った。

「あそこに逃げるぞ！」

彼が仲間へ指さしたのは、草原の中にそびえる岩山である。

「相手がどんなカラクリで動いているかは知らんが、車なのは明らかだ。岩山を登ることはできない！　無理に登ってきても、その時は俺が蹴り落としてやる！」

ケンタウロスたちは岩山もそこそこ登れる。

もちろん平原に比べれば苦手だが、車輪に比べれば強い方だろう。

「なるほど……その手があったか」

「けどよ、まだ結構距離が……」

「何とか走れ！　こんな獣みたいな死に方を、お前たちは受け入れるのか！」

ディッパーは仲間を鼓舞して、遠くに見える岩山へ走らせる。

もうよたよたのよれよれだったが、それでもまだ進めている。

幸い四台の車は、まだ遠い。一定の速度を保ったまま、追跡を続けている。

（アレが精いっぱいの速さなのか？　それとも侮《あなど》っているのか？　だがどっちでもいい、とにかく活路はある！）

余裕をもって追い詰めてくる、四台の車。

その追跡を背に感じながら、ケンタウロスたちは前へ進む。

岩山まで行けば休める、その一心で、這《は》うような遅さで進んでいく。

（本当に来たね……）

（さすが御殿様《おとのさま》、作戦がうまい）

（まだだ、まだだぞ？）

（族長が弱らせてくれたのだ、逃がすわけにはいかない……！）

だがしかし、彼らは考えてみるべきだった。

これが狩りだというのなら、この広い草原に一つだけある岩山に……。

唯一の活路に、罠《わな》を仕掛けるのは当然だ。

「今だ……いこう！」

「うん！」

岩山の物陰に潜んでいた、二十人の夜間偵察兵隊《ダークエルフ》。

彼女たちは手に持っていたクロスボウを、ふらふらのケンタウロスたちに向けて構える。

「な⁉」

「ああ⁉」

あと少しで足を止められる、そう思っていたケンタウロスたちは、待ち構えていた敵を見ても何もできない。

「な……！」

ディッパーでさえも、思考が停止してしまう。

仲間を助けられると思っていた彼は、その希望がふさがれていたことを受け入れかねていた。

そしてそれを、夜間偵察兵隊《ダークエルフ》は待たなかった。

無慈悲に放たれる、二十発の矢。

それはそこまでの命中率はなく、半分ほどが外れていた。一人に複数刺さることもあり……つまりは、五人ぐらいしか倒せなかった。

だがしかし、仲間が撃たれたことで、ケンタウロスたちの脚は更に止まる。

「み、みんな！」

「お、あ……」

この窮地では、絶望を加速させるだけだ。

「いくぞ！」

ダメ押しとばかりに、同じく潜んでいた高機動擲弾兵隊《じゅうじん》が焙烙玉《ほうろくだま》を投げる。

ただでさえ疲れ、仲間の死に直面していたケンタウロスたち。彼らの体に、破片が降り注いだ。

決して頑丈ではなく、ちゃんとした防具も身に着けていないケンタウロスたちにとっては、まさに致命の雨であった。

これによって、ほとんどのケンタウロスが行動不能に陥る。例外と言えば、ディッパーぐらいであった。

「……貴様ら」

自分たちは、本当に獣だった。狩りの獲物に過ぎなかった。

破片をくらって血まみれになったディッパーは、その事実を確信してさらに激怒する。

「きさまらあああああああ！」

張り巡らされた罠に、自分たちを踊らせた策謀に、彼は激憤する。

自分の目の前にいる、飛び道具を使い切った獣人《じゅうじん》やダークエルフへ、背負っていた弓で射かける。

「きゃ！」

「か、隠れて！」

元々物陰に隠れていた彼女たちは、すぐにそこへ戻った。

なかなかの一撃だったが、所詮は弓矢。

その岩に矢が当たることはあっても、貫くなんてことはなかった。

そして彼女たちは、そのまま隠れて出てこようとしない。

「おおおお！」

このままここから射かけても意味がない。ディッパーは吠《ほ》えて前進し、彼女たちを引きずり出そうとする。

その彼は、やはり考えが足りなかった。

彼女たちがここに潜んでいたのなら……文字通りの罠ぐらい用意していると。

「!?」

前に出たところで、足元が滑った。

まるでぬかるみにはまったかのように、草原に足を取られたのである。

雑に言って、潤滑油を地面に撒《ま》いていたのだ。

落とし穴と同レベルの間抜けな罠だが、想定していなかった相手を転ばせるには十分すぎる。

全力疾走しているところで転ぶというのは、その体重や速さに比例してダメージを負うのだが、さらに恐るべき罠が設置されていた。

「あ、ああああああ！」

忍者の武器として有名な、『まきびし』である。

踏むと足の裏に刺さる金属製のトゲ、と言えばわかるだろう。

シンプルな罠がばらまかれていたところへ、彼は全体重をのせて転んだのだ。

それはもう、悲惨であった。

「うわあ……」

「ああ……」

ガイカクの指示通りに設置した彼女たちをして、見たくない凄惨な姿である。

ケンタウロスのエリートであるはずのディッパーは、もはや抵抗もできなくなっていた。

「が、があああああああ！」

本当に獣のように倒された
それを完全に自覚したディッパーは、ただ怨嗟《えんさ》の声を発することしかできなかった。

「おうおう、見事に全滅……」

そしてそれを喜ぶ形で、ガイカクはこの岩山にたどり着いた。

ナイン・ライヴスから降りてきて、戦況を黙視する。

満足げに確認すると、この場にいる全員へ、いろんな意味で、一つの言葉をかけた。

「みんな、おつかれさま♡」

もちろん、奇術騎士団《きじゅつきしだん》はそんなに疲れていない。

基本的に待っていただけで、動いたのは一瞬だけだ。

疲れていたのは……ケンタウロスであった。

14

奇術騎士団団長、ガイカク・ヒクメ。

この地で猛威を振るっていたケンタウロスの盗賊団は、彼の主導した作戦によって手品のように壊滅していた。

まだ生きている者もいたが、全員が捕縛された。死んでいる者と一緒にナイン・ライヴスの屋上に縛り付けられ、そのままルクバト子爵のところまで運搬されていった。

領主の元には被害を受けた酪農家たちも集められ、犯人たちの確認が行われていた。

「いいっひっひっ……こ奴《やつ》らで間違いありませぬかな?」

「こ、こいつだ……こいつが盗人《ぬすっと》の親玉だ!」

「ああ、この姿は間違いない! このエリートが、リーダーだった!」

酪農家たちは、口をそろえてディッパーを指さした。

体中がボロボロで、四つの脚がすべて駄目にされていて、それでもなお勇壮な姿をしているディッパー。

彼は苦々し気に、訴えてくる領民たちをにらんでいる。

もちろん、それ以上にガイカクのことも、である。

「……ひ、ヒクメ卿《きょう》。見事なお手並みでございます、まさか被害を出さずに拘束なさるとは」

「ひひひ! いえいえ、被害なら出ているでしょう。私が無駄に武器を配って警戒を促した結果……皆様の日常生活に支障をきたしたのでは?」

「いえ……それは結果論です。守りを万全にしてから攻めてくださらなければ、私も民も心配でならなかった。もしもそれを怠っていれば、うまくいっても『運が良かっただけだ』だとか『俺たちの命で博打《ばくち》をした』と思われかねません」

ルクバト子爵が民の気持ちを代弁していたおり、それを近くにいた民たちは無言で頷《うなず》いて肯定する。

ガイカクはすべての作戦を全員へ周知していなかったが、それでも許されているのは守りの定石だけはしっかり打っていたことだ。

文字通り最善は尽くしていたので、反発も少ないのである。

「そういっていただけるとありがたいですなあ、せっかくティストリア様に無理をお願いして、何とか借りて来たのに……使いませんでした、ですからねえ！」

「……使わずに済んだのなら、それでよいでしょう。何であれば、借り賃については私が出しても構いませせぬ」

「おお、それはありがたい。ですがそれでは経費の二重取り……ティストリア様へ『最高の対応をしてくださった』と報告をしてくだされば……私はそれ以上願いませせぬ」

「もちろんです」

妙なうさんくささえなければ、満点の出来だった。

なぜこうもうさんくささを演出するのか、そっちの方がわからない。

「さて……ではディッパーとやら、お前たちが奪った家畜はどうした？」

「食ったり売ったりだ」

「……なるほど、もう残っていないと」

「そういうものだろう？　奪ったものをどうしようが、俺たちの勝手だ」

彼の言葉を聞いて、酪農家たちははらわたが煮えくり返った。

「違うだろう！　アレはうちのもんだった！」

「どんな道理があって、お前たちのものになるんだ！」

「この盗人め、ふてぶてしいにもほどがある！」

「ふん、奪い返す度胸もない輩《やから》が、よく言ったものだ」

もうどうにでもなれと、ディッパーは開き直っている。

どう考えても助からない状況だからこそ、周囲を嘲っていた。

「自分のものだと思うのなら、なぜ俺たちに立ち向かわなかった？　こいつらのような、まったく関係のない者に頼むとは……みっともないにもほどがある」

思わずひるむ、領民たち。

確かに彼らも、それに思うところはあった。

自分たちに力があればと、夜に枕を濡《ぬ》らしていた。

「みっともない？　そんなことは、断じてない」

だがしかし、ルクバト子爵がそれを遮った。

「彼らは決して多くない収入の幾割かを、私や国へ納めている。その対価として、我らが保護を約束しているのだ。彼らが立ち向かわなかったのも、私たちが対処してくれると信じていたからこそ。無力だったわけではないし、諦めていたわけでもない」

彼は自嘲しつつ、言葉をしめる。

「情けないとすれば、私の方だ。騎士団に頼ることとなり、救援が遅くなってしまった。そのことには申し訳なく思う……だが民に落ち度はない」

領民の前での、政治家トークではあった。

だがしかし、偽りはない。その言葉に、領民たちは心を動かされていた。

「ふん、わかっているようだな。結局誰かに助けてもらおう、などという姿勢の限界だ。自分の身を、自分の財産を、自分の力で守れないから……こうして失うことになる！　それが現実だ！」

ディッパーは、あくまでも吠《ほ》える。負け犬の遠吠えならぬ、負け馬の遠吠え。

それを聞く領民たちは、悔しかった。

これからこいつらは殺されるのだろうが、開き直って死ぬのだとしたら、なんとも悔しい話だ。

自分の悪行を心から悔いて、泣き叫びながら死んでほしい。

「りょ、領主様！　お、お、俺、悔しいです！　クロスボウ、ありましたよね？　俺が、あれで殺したいです！」

そういったのは、被害者の一人である若者だった。

彼は激怒に震えながら、自分が殺したいと申し出た。

それに応じる形で、領民たちが大いに叫びだす。

「そうだ、俺たちが殺してやる！」

「こいつらのせいで、俺のところは今年の分が駄目になったんだからな！」

「うちなんて結婚話がダメになった！」

「ぶち殺したぐらいじゃあ、割に合わねえ！」

絶叫する領民たちの気勢に、ルクバト子爵がひるむほどだった。

だがしかし、それでもディッパーは嘲る。

「何もかも他人《ひと》任せにして、こちらが抵抗できない状態でようやく復讐《ふくしゅう》？　ははは！まったく、根性無しどもが！　お前たちなど、どうせ何の価値もない人生を送るんだろうよ！」

場の空気が、さらに熱狂へ包まれていく。

もはや収束不能かと思ったとき、ガイカクが口を開いた。

「まあまあ、皆様。落ち着いて」

この場で誰よりも異質な怪物、ガイカク・ヒクメ。

彼が穏やかな、だからこそ恐ろしい声を出した。

それによって、場が鎮《しず》まる。

「私も領主様と意見を同じくする身……清く正しくつつましく生きておられる皆様が、『汚いこと』をなさるのはよろしくない」

フードを被《かぶ》っていてもわかるほど、ガイカクは邪悪な瘴気《しょうき》を放っていた。

「如何《いかが》でしょうか、ルクバト子爵。ここは私に任せてくださいませんか？　皆様が納得してくださるように、汚く片づけますので」

「う、うむ……」

悪魔との取引、という言葉がルクバト子爵の脳内によぎった。

だがしかし、この場には悪魔が必要だと思い直す。

「で、ではお願いしたい」

「ありがたく……ああ、それから」

「な、なんでしょうか？」

ルクバト子爵は、そして領民たちは、思わず引いた。

「先ほどお約束頂いた、ティストリア様へ『最高の対応をしてくださった』と報告をしてくださる件を、変更なさるということはないですよねえ？」

最高どころか、最低の所業をするのだ。

そう暗に言ってくる男に、誰も返事も、頷くこともできない。

ただ沈黙をもって、彼の動きを見守っていた。

「な、なんだ……何をするつもりだ？」

「この世には、処刑に毒を用いる文化がある」

「……毒殺する気か？」

「だがそれは、大抵安楽死……苦しまずに死なせる、優しい処刑法だ」

ディッパーからの、毒で殺す気か、という質問に、ガイカクは応えない。

だがそれは、毒殺すら生ぬるい、もっとおぞましいことをするということだった。

「そして地方によっては、処刑は公開されている。できるだけ惨《むご》たらしく殺すことで、権力を強めることや、被害者の心を慰めること。また日々退屈な暮らしをしている者たちの娯楽にもなる」

道化めいた振る舞いが無いのだが、今まで以上にうさんくさい……否《いや》、恐ろしい。

「そんな中で……『あまりにもかわいそうだ』という理由で、使用が法で禁止された『毒』がある」

そういって、ガイカクは袖の中から手袋に包まれた手を出した。

彼は仰々しい袋に手を突っ込むと、一枚の葉っぱを取り出す。

それは広葉であり、表面に薄い毛のようなものが生えている。

「……まさか、銀尾《ぎんび》の葉か⁉」

「おや、ルクバト子爵。ご存じとは驚きですな」

「し、知っているが……知っているだけだが……！」

ルクバト子爵は、その葉っぱを知っているようだった。

すっかり青ざめて、大いに離れた。

その姿を見て、領民たちも離れる。

「この銀尾……毒草の一種でしてね。まあ死ぬような毒ではないのですが、ただ痛い。とんでもなく痛くて、適切な処置をしても後遺症をもたらし、痛みが再発することもある」

ガイカクはそれを、ディッパー以外の、まだ息のあるケンタウロスに当てた。

すると、そのケンタウロスの肌が変色し、気絶していたケンタウロスが絶叫を始める。

「あああああああああああ⁉」

「効能は今言った通り、とんでもなく痛い。葉っぱに触れた部位は、この世のあらゆる痛みを合わせた分の痛みを味わうとか……」

「あああああああ‼」

ディッパーはもとより、領民も、ルクバト子爵も引いている。

まさに、『あまりにもかわいそうだ』。

「まあ、死なないんですけどね」

その絶叫に全く動じることなく、ガイカクは説明を続けていた。

そして、その葉っぱを持ったまま、ディッパーへ近づいていく。

「ま、待て……やめろ！」

「昔の人は恐ろしいものでして、この葉っぱで傷をつけたうえで、自殺するための毒を渡し……死を選ぶまで観察したとか」

「やめろ、やめてくれ！」

「重罪人や政治犯のための処刑法でしたが、やはり非人道的ということで……」

ガイカクは、これ見よがしにその葉っぱを見せびらかす。

それを前にして、ディッパーは必死で身をよじらせていた。

「処刑での使用が、法律で禁止されたのですよ」

「〜〜〜！」

ガイカクは、その葉っぱを。

表面に毒のある葉っぱを……。

ディッパーの目の前で、自分のフードの中に突っ込んだ。

「は？」

触れた部位に激痛をもたらす猛毒の葉っぱを、己の口に突っ込んだのである。

そしてそのまま、もしゃもしゃと噛《か》み始めた。

もちろん、まったく痛そうではない。

これには、ディッパーだけではなく、周りの者たちも驚いている。

実際に薬効を見せたうえで、なぜこんなことをするのか。そして、なんでできるのか。

一体なんの真似《まね》かと思っていると……。

「ぶふううう！」

ガイカクは、なんとも汚いことに、口の中で噛んだそれを唾液ごと噴出して、ディッパーの顔に浴びせたのである。

「ぎ、ぎゃあああああああああああああ！」

ディッパーの絶叫たるや、まさに地獄の業火《ごうか》で焼かれるがごとし。

必死で身をよじるが、のどが裂けるほど叫んでいるが、まったくそれがとどまらない。死を選ぶほどの激痛が、彼の顔を襲っているのだ。

「ふう……まっず」

ガイカクはなんでもなさそうに、懐《ふところ》から水筒を取り出して、中身を口に含んだ。くちゅくちゅとうがいをしてから飲み干し、一息入れる。

「汚いところを見せて、申し訳ない」

その所作もそうだが、実際に唾液まみれの葉っぱが浴びせられていることもあって、ガイカクがその葉っぱを実際に噛んで吐き出したとしか思えない。

これには、領民も子爵も、意味がわからないと目を丸くしていた。

（なんで⁉）

銀尾という、猛毒を持つ植物。

この毒は元々、葉っぱを食べる虫や動物から身を守るためのものだ。身動きできない植物の、防衛策というわけである。

だがしかし、銀尾を食べる方向で進化した虫や動物も多い。彼らは体の中に抗体をもつがゆえに、猛毒がまったく効かないのだ。

ガイカクは危険な毒を扱うがゆえに、解毒《げどく》剤や抗体の開発を行っている。それはエルフたちにも使っているし、自分にも使っている。

よってガイカクは、銀尾を口に含んで噛んでも、まったく影響を受けない。

非常にシンプルだが、だからこそ見破れない『手品』であった。

「さて、ディッパー」

「ああ、あああああああ‼」

「まあ聞け、まだ耳は聞こえるだろう？」

それを置き去りにして、ガイカクは話を続ける。

「殺してほしかったら、あの人たちに謝れ。誠心誠意、心から、私が間違っていました、と謝れ」

「‼‼」

ディッパーは、涙を流しながら、頭を地面にたたきつけた。

「すみませんでした！　俺が悪かったです！　殺してください！　お願いします！」

これに誠意があるのかと言えば、怪しい。

だが自分の行いを後悔していることだけは、全力で伝わってくる。

「どうです？」

「……誠意は、伝わったかと」

ルクバト子爵は、なんとか、返事をした。

なるほど、法律で禁止されるのも納得である。

「こ、こ、ころせえええ！」

「ああ、待て。他の連中からも話を聞かないとな」

もう一人の毒を受けている者、また、言葉を失っている者たちへ声をかける。

「謝れ……な？」

「すみませんでしたあああ！」

「俺が悪かったです！」

「死んでお詫《わ》びします！」

「し、死なせてください！」

生き残った者たちは、自分の命を投げ捨てようとする。

勇壮なディッパーを知っているからこそ、その彼の醜態を見て絶望したのだ。

「……さて、これで皆さんもわかったでしょう？　ヒトを傷つけるのは楽しいことではない、汚いことです。だからこそ、私のようなものにお任せください」

ガイカクはここで、死を望む声を背に、道化の振る舞いをする。

「ゲヒヒヒヒヒ‼」

領民たちは、子爵は、自分たちの幸運に感謝した。

この男の敵でなくてよかった、彼が味方でよかったと。

この後、処刑は速やかに、人道的に行われた。

これにてガイカクは、二度目の任務を滞りなく終わらせたのである。

そして、ルクバト子爵はこの後に、ティストリアへ報告書を送った。

もちろんその文面は、『最高の対応をしてくださった』であったという。

15

かくて、二回目の任務も快調に終わっていた。『最高の対応をしてくださった』と言われているのだから、そうに決まっている。

奇術騎士団《きじゅつきしだん》の団員は帰路に就くが……ドワーフたちとガイカクだけはナイン・ライヴスに乗り込んで先に帰っている。

他の面々から『乗せてよ』と言われたが、ぶっちゃけそんなに乗せたら積載量を超えるので、断固拒否していた。

戦闘中は身軽だったが、帰るときは交換用の部品とか予備の栄養液とかを載せて帰るので、余裕はほぼないのである。

「……なあ、棟梁《とうりょう》。今回ずいぶんあっさり終わったが……ケンタウロスってのはアレだろ、草原の王様なんだろ？　なんで草原でボロ負けしてるんだよ」

現在ガイカクは、運転《そうだ》をベリンダに任せて、助手席、ともいうべきポジションで立っていた。

その彼へ、運転《そうだ》をしているベリンダが確認をする。

作戦通りと言えばその通りだが、あっさり終わりすぎて実感がなかったのだ。

「奴《やつ》らが草原地帯で無類の強さを誇るのは、機動力の高さがあるからだ。それ以上の機動力と追跡力、おまけに弓矢なんかじゃ歯が立たない装甲を持つ『車』に勝てるわけがないだろう」

「……そうか、言われてみりゃそうだな」

ケンタウロスは草原で最強、という思い込みを捨てれば簡単な話であった。

数値の比較や地形などの状況で論理思考をすれば、勝ったのは当然である。

「……なあ、今回はナイン・ライヴスが間に合ったが、それがだめならどうしてた？」

「ん？　まあ、結局今回と同じだろうな。各地に防衛を配備しつつ、罠《わな》を仕掛けていただろう。今回ほど上首尾にはいかなかっただろうが、それでも成果は出せていただろう」

「じゃあ……他の騎士団なら？」

「各村に一人ずつ正騎士《せいきし》を配備して、近づき次第殺してるんじゃないか？　種族にもよると思うが、正騎士ならそれぐらいできるだろう」

　今回ガイカクは、あっさりと問題を解決していた。それは他の騎士団に見劣りしないはたらきであると、誰もが認めるところである。

　だが逆に言えば、他の騎士団でもできた、ということだ。

「大体考えてみろよ、みんなの憧れる騎士様がだぜ？　草原でケンタウロスのエリートに勝てるわけないじゃ～～ん！　とか泣き出したらがっかりだろ」

「それもそうか……」

　ガイカクの大雑把な説明にドワーフは納得する。

　自種族のエリートが騎士になっていたとして、それがあんな賊相手に負けるなんて、信じたくないところだ。

「でだ……ナイン・ライヴスだが、不満点はあるか？」

「とりあえず、名前長いんだよ。もっとシンプルにしてくれ」

「ええ～～？」

「あと、いつまでも立っていると、結構きつい。舵輪《ハンドル》の前だけでも、座れる椅子を作ってくれ」

「そうか……じゃあ座ったままでも動かせる舵輪《ハンドル》と、揺れても椅子から落ちないように固定用のベルトも……」

ここで、二人は今乗っている車の改良点について話し始めた。

「あとさ、ちょっとした坂道でも心臓《エンジン》に負担があるのがねえ。登り坂の度に心臓を全部動かしていたら、せっかくの分割構造が意味ないよ」

「それはまあ、たしかにな。だけど草原以外じゃあ、コレが通れる道がないし……」

「だとしてもさあ、今後は小型化するかもしれないんだろ？　今は整備性を最優先で作ってるから幅広だけども、そのうちもっと小さいのにすることもあるだろうし……」

「それはそれで別の新兵器を考えているんだが……ナイン・ライヴスをそういう方向に改良するのもアリか」

「ギア比を変える機能をつけるのはどうだ？」

「構造が複雑になりすぎないか？」

「だったら、心臓の系統ごとにギア比を変えるとか……」

「それだと全部一斉に動かせないし、ローテーションの意味が……」

「じゃあ、じゃあ……ああああああ！」

議論が白熱していく中、ベリンダは絶叫した。

「楽しい！」

短い脚をバタバタさせて、興奮を顕《あら》わにしていた。

「すげえ楽しい！　研究とか開発とか、超楽しい！　改良点を見つけて意見を出すのって、超楽しい！」

運転《そうだ》を担当している彼女に続いて、同乗している他のドワーフも声を出し始めた。

「私も！　組み立てるときとかに、自分が作った部品がどこについてて、どういう働きをするのか知るのが楽しい！」

「あたしはね、あたしはね！　うまく動かなかった時、どこが壊れているのか調べて、それを直して、ちゃんと動いた時が楽しい！」

「自分たちの作った車が、活躍するのがすごく快感！　鉱山の技師になったみたいで、すごく幸せ！」

五人のドワーフたちは、一斉に叫び始めた。

おそらく、他の車両に乗っているドワーフたちも同じ気持ちであろう。

「おっ、お前たちも魔導の楽しさに気付いたようだな……だが魔導の道は深く険しいぞ。今のお前たちでは、意見を出すことはできても……形にすること、具体的にどうすれば成功するのかがわかるまい」

「棟梁はできるんだろ？　でなかったら、こんなすぐに成功するわけがねえ！」

「あたぼうよ、俺は天才魔導士《まどうし》にして騎士団長、ガイカク・ヒクメ様だぜ？　帰ったらお前たちの出した意見をもとに、図面を描いてやるさ」

「いいなあ～～！　すげえなあ～～！　アタシもそれやりたいな～～！　自分で考えて作りたいな～～！」

ドワーフたちはエルフと同じ境地に達していた。

信頼できる人格なのかとか、どうでもよくなっていた。

ものづくりの達人、ガイカク・ヒクメを尊敬するに至ったのだ。

「教えてくれよ、棟梁！」

「暇がねえからイヤだ！」

しかしながら、ガイカクはやはり忙しく、悪戯《いたずら》好きのままであった。

「設計開発ってあれだぜ？　前段階の前段階として、『さんすう』から始まって『算術』、『数学』ができないといけないんだぜ？　そこまで教えるのが手間過ぎてだるい」

「そりゃないぜ、棟梁！」

「それにお前たちも、帰ったら部品を生産する仕事があるんだし……勉強している場合じゃないぜ？」

「いやだ〜〜！　勉強するんだ〜〜！　自分で考えた車を作って、それに乗るんだ〜〜！」

この車両に乗っている、すべてのドワーフたちが抗議し始める。

それはまるで、幼子がオモチャをねだっているように、とても可愛《かわい》らしいものであった。

いままで警戒してばかりだった彼女たちが、ガイカクに心を開いた証《あかし》であった。

「とても素敵な夢だよ、いつか叶《かな》うといいね」

ガイカクは、温かい言葉を贈った。

ドワーフたちに向ける、最高の笑顔だった。

第三章　復讐《ふくしゅう》のための成功

1

奇術騎士団の拠点には、既に各種族用の住居が建てられている。

それに次いで建築が始まったのは、各種族用の保養施設であった。

その第一号こそ、砲兵隊《エルフ》のための憩いの場所、『香りの豊かな茶室』という名前の小屋である。

その設計を担当したのは、もちろんガイカク。実際に建築したのは、もちろんドワーフたちであった。

ナイン・ライヴスの製造によって、彼女たちの士気は大いに上がっている。だからこそ、どんな仕事もノリノリでこなしていた。

そのドワーフを代表して、ベリンダがエルフたちへ建物内部の説明を始める。

「つうことで、ここがアンタたち砲兵隊《エルフ》の保養施設、『香りの豊かな茶室』だよ。外装も内装も、アンタら好みに造ったたって話さ」

「おお〜〜！」

二十人からなる砲兵隊《エルフ》が、全員入れる大きさの『小屋』。それは文字通りのワンルームであり、小屋自体が一つの部屋になっている。

一般的なログハウスのように、木造住宅であることを前面に押し出している外観をしていた。内部にはより一層の野趣あふれる、しかし清潔な空間が広がっている。

苔《こけ》が、蔓草《つるくさ》が、盆栽のようにコンパクトにまとめられて、内部を彩《いろど》っている。

机や椅子なども準備されているが、机というよりは縦に置かれた丸太であり、椅子というよりは横に置かれた丸太であった。

「マジで、コレ、お前たち《エルフ》好みなの？　言われたとおりに造ったけども……正直、アンタらには合わない気が……」

「そんなことないですよ〜〜！　ああ、すごい、最高！」

飾りなどについては、森らしさを演出するためであろう、と推測できる。元々森を居住地としているエルフならば、これが落ち着くのだろうと察することができる。

だが、椅子とも言えない丸太に座る、というのは負荷が大きそうに見えた。

仮に人間なら、ずっと座っていたら尻が痛くなりそうである。まして貧弱なエルフならば、それこそ体を悪くしそうであるが……。

「ん〜……ジャストフィット、さすが先生の設計ですぅ〜〜！」

「……エルフの肉体に合った設計とか言ってたけども、マジだったんだな」

まるで猫が椅子の上でくつろぐように、エルフたちは椅子の上に寝ころび始めた。

横になっている丸太は、樹皮を剝いでいない。なので相応に凹凸もあるのだが、それさえも彼女たちにとってはちょうど良《い》いようだった。

「ねえベリンダぁ〜……他にもいろいろあるの〜？」

「ん、まあな。茶室ってだけに、茶葉や茶道具を入れる棚や、お茶を淹《い》れるための簡単な台所は作っておいたよ。ま、そっちはアタシらには聞かないほうがいい。茶のことは、さっぱりだ」

ドワーフは、酒を好む一方で茶の味がわからない。

わからないのだから聞くな、というのはそれなりに合理的だ。

「アタシら的な目玉は、これさ！」

満を持して、ベリンダが『木製の機械』を紹介する。

それを説明する彼女は、実に自慢げであった。

「棟梁《とうりょう》が設計し、アタシらが作った『大型紙オルゴール』だよ！　木製のゼンマイを巻いておけば、全自動で音楽を奏《かな》でる優れものさ！　紙を換えれば、曲も換えられる！　ま、奏でるったって木琴だけなんだがね！　それでも大したもんだろ、ん？」

「お、お～～！」

茶室の四分の一ほどを占拠している、大型の紙オルゴール。

その機能を聞いて、砲兵隊《エルフ》たちは大喜びである。

「つ、つまり……私たちは休憩時間の度にここにきてよくて、この部屋で好きなように寛《くつろ》げて、お茶を飲めて、音楽を聴くことができるの⁉」

「すごい……凄いよ！　語彙が無くなっちゃうよ！」

「あ～～！　最高！」

砲兵隊《エルフ》たちは、そろってベリンダに抱き着いていく。

丸々として、しかし背の低い彼女に、手足の長い砲兵隊《エルフ》たちは感謝のスキンシップを強行していた。

「お、おい！　やめろ！　アタシらドワーフはゴブリンと違って、ちっちゃいもん扱いされるのが大嫌いなんだ！　背の低さを意識させるんじゃねえ！」

ベリンダは大人の女性としての尊厳を守るべく、必死で抵抗する。

エルフがドワーフに力で勝てるわけもなく、砲兵隊《エルフ》たちは下がらざるを得なかった。

「ご、ごめんなさい、ベリンダ……私たち、悪気はなかったんです……」

「まあ、感謝は嬉《うれ》しいけどもよお……上品に頼むぜ、エルフなんだし」

これが酒の席で、ふざけてのスキンシップならば、それこそベリンダは激怒していただろう。

だが紙オルゴールも含めた、自分たちの作品に感動し、感謝してのスキンシップである。

正直、嬉しくもあった。

「ごめんなさい……でも、私たち、本当に嬉しいんです……」

「生まれながらに魔力が最低値で、故郷の家族から役立たずと迫害されて……その上売り飛ばされて……」

「それで……先生に拾われて、騎士団の団員になって、自分の部屋をもらい、こんな素敵な休憩の部屋までもらって……」

「これで喜ばないのは、無理よ……最高に、嬉しいの！」

そしてエルフたちの喜びは、ただプラスを得たというだけのことではない。

「故郷の奴《やつ》らに、家族に見せつけてやりたいぐらいだわ！」

そしてそれは、マイナスへの……ロクな思い出が無い故郷への、怨恨《えんこん》の裏返しであった。

（まあ、そらそうだわな）

ベリンダは、それを理解していた。

ドワーフという種族がら、下働きという役目を得ていたベリンダたちは、エルフであるソシエたちほど扱いが悪くなかった。

だがそれでも、相対的にマシというだけで、辛《つら》くないわけではなかった。

だからこそ、想像する。自分たち以上に虐《しいた》げられていた砲兵隊《エルフ》たちの、心の傷の深さを。

（もしも……その故郷を助けるように指示されたら、この子らはどうするんだかねえ）

そして『正義のヒーロー』である騎士団に属するからこそあり得る、耐えがたい任務を。

（棟梁は、どうするんだかねえ……？）

そして、天才違法魔導士がどう対応するのかを。

2

奇術騎士団《きじゅつきしだん》に限らず、他の騎士団にも人間以外の種族は多く在籍している。

その騎士の中には、人間の国で生まれて育った者もいるのだが、同盟関係にある他種族の『国』からやってくる者もいる。

そんな彼らは故郷でも指折りのエリートであり、それを騎士団に差し出すことは騎士団への貸しとなるのだが……。

それは、そのエリートがまともに働いた場合にかぎる。

もしも問題行動を起こせば、そのエリートの故郷はむしろ借りを増やすことになる。

まして表に出せないほどの犯罪を起こせば、騎士団に対して正式に詫《わ》びをしなければならないのだ。

先日ガイカクに討ち取られた脱走騎士、アヴィオール。

彼の故郷は『ディケスの森』というエルフの森《くに》であり、そこを治めるのはその名の通り『ディケス』という森長《もりおさ》であった。

現在その彼は、非公式の謝罪としてティストリアの元へ訪れていた。

「ティストリア殿下……我が森が推したアヴィオールが、脱走騎士となったこと。深くお詫びいたします」

ディケスという男は、既に結婚を控えた娘がいるほどの年齢であった。

普段は厳《いか》めしい顔をしているのだが、今は全面的に謝罪をしていた。

「同盟を打ち切られたとて、文句を言えるものではありません」

「彼は私の部下でもありました。彼が罪を犯した責任の一端は、私にもあります」

その彼に対して、ドレス姿のティストリアは無感情な対応をしていた。

姿や振る舞いはこの場にふさわしいものなのだが、よくよく観察すれば彼女に一切の私情が無いことはわかる。

場合によっては不気味にも思われる個性だが、政治の世界では間違いなく長所であった。

「加えて今回の件は、騎士団の恥として秘密裏に処理いたしました。アヴィオールの死因は適当にごまかしています。つまり騎士が脱走し、山賊に身を落としていたという事実は存在しないのです。それゆえに、ディケスの森との同盟破棄はむしろ困ることなのです」

「……温情に、感謝いたします」

「いえ、お気になさらず。今後も双方の友情を守っていきましょう」

非公式の会談は、こうして終わった。

ディケスの森と騎士団、双方の名誉のために『脱走兵はいない』ということで事件は完全に処理された。

ディケスはそれをかみしめつつ、ティストリアに確認を行う。

「……アヴィオールは、我が森において随一の実力者でした。その彼を討った騎士は、何者ですか？」

「当時、とある貴族の私兵隊だった者たちです。現在は私が召し抱え、奇術騎士団という名前を与えています」

「貴方《あなた》が推薦している、新進気鋭の騎士団。前歴が不明であることも有名でしたが……そうでしたか、そういうことですか」

アヴィオールを討ち取った者たちが、そのまま騎士団となった。

なるほど、それも含めて『処理』は終わっているのか。

ディケスは納得すると、深く一礼をした。

「この度はわざわざお会いいただき、説明をしてくださりありがとうございました。今後このようなことが起きぬよう、教育や人事には一層の注意を払わせていただきます」

「我らの方こそ、そちらへお詫びに行くべきところをお呼びだてして、申し訳ありませんでした」

定型文通りのやり取りをして、その密談は終了となった。

ディケスは彼女に挨拶をした後に騎士団の本部を去り、自分の治める森へと戻ったのである。

その道中で、彼は物思いにふけっていた。

騎士団との同盟を切ったほうがいいのではないか、とさえ思っていたのだ。

(騎士団との同盟は、たしかに心強い。だがその対価として、有能な人材を送らなければならない。そして今回は……その優秀な人材であるアヴィオールが罪を犯した……)

凄腕《すごうで》の用心棒を雇っていたが、給料を支払う余裕がなくなったようなものである。

しかも自分に非があるので、自分からは契約解消だと言えなくなったのだ。

(これ以上の人材を送れば、自治に支障が出る。かといって、人材以上の物を送るとなれば、森《くに》の運営に支障が出る。何も差し出さぬままでは、大きな借りになる。それは子供の代にまで、迷惑をかけかねない)

だが現実的な問題として、契約の解消をせざるを得ない状況になりつつあった。

有事の際に騎士団を頼れないのは心許《こころもと》ないが、ない袖は振れぬ。ディケスは遠くない将来に、騎士団との同盟を終了するべきだと考えていた。

だがそんな『余裕』は、自分の森に戻ると霧散していた。自分の森の入り口に入った彼は、一瞬前の自分が何を考えていたのかさえ忘れていた。

「なんだ……火事？　いや、まるで襲撃を受けたかのような……！」

ディケスの森というのは、人間風に言うと森林地帯に建設された村である。

その村の入り口には関所のようなものが存在し、入ろうとする者を検《あらた》めるようになっている。

それが、打ち壊されていた。

それこそ、ついさっき壊されたばかりのようであり、その中からは血の臭いも広がってきていた。

「デ、ディケス様！　お戻りになりましたか！」

入り口で呆然《ほうぜん》としている彼の元へ、森の防衛を担《にな》うエリートの男性エルフが走り寄ってきた。

彼はすでに汗まみれであり、エルフの基準で言えば過労死寸前であった。

彼はそれでも、ディケスへ報告を行う。

「十人ほどのリザードマンが、この森へ襲撃を仕掛けてきました！　質は低いもののエリートぞろいだったようで、既に大きな被害が出ております！」

「な、なんだとぉ⁉」

「半数は討ち取りましたが、残る半数が……半数が」

「どうしたのだ！　半数が、どうしたのだ！」

「……ディケス様の家を占拠し、中にいた侍女やご息女を人質にして、立てこもっております……」

非常に高い魔力を持つ代わりに、肉体が貧弱な種族、エルフ。

長所と短所が非常にわかりやすいこの種族なのだが、天敵とされるのが『リザードマン』である。

ワニ人間、トカゲ人間、ともいうべき姿の、二足歩行の爬虫類《はちゅうるい》。

この生物はオーガや獣人《じゅうじん》、ドワーフと同じく肉体的に優れているのだが……。

特に顕著なのが、鱗《うろこ》の強度である。靭性《じんせい》が高く、硬度も高い。雑に言えば防御力が高いのである。

この上でちゃんと防具も着られるため、全種族の中でも屈指のタフさを誇る。

つまり……エルフの魔力攻撃にもある程度は耐えられるため、その間に殴り殺せる……ということである。

これはあくまでも俗説だが、実際相性が悪かった、という話もよく聞く。

そして……とあるリザードマンの若き男たちが、この話を聞いて実行しようとしたのである。

自分たちでチームを作って、エルフの森を襲撃してみようとしたのだ。

噂《うわさ》が本当なら、自分たちはやりたい放題に暴れられる。そういう、ものすごく浅慮な暴挙であった。

ただの浅はかな襲撃は、最初こそそれなりに成功した。

十人ほどの若きリザードマンたちは、うぬぼれる程度には優れた資質を持ち、その結果平凡なエルフの魔術もある程度は弾《はじ》けていた。

彼らはそれに気をよくして、大いに暴れていた。

だがしかし、本格的な守備隊が現れると、状況は一変した。

ただ番をしているだけの下っ端《したっぱ》とは格が違う、常人の二十倍から三十倍の魔力を持った、エリートエルフの精鋭部隊。

そんなのが全力で殺しにくれば、少々の相性差など問題にならない。リザードマンたちは、瞬《またた》く間に討ち取られていった。

というかそんな簡単にエルフの拠点が陥落するのなら、とっくにエルフは絶滅している。

よって今回の騒動も、バカが暴れたが殲滅《せんめつ》された、で終わるはずだった。

だがここで不幸だったのが、リザードマンがある程度ばらけたことだった。

暴れ始めた当初の彼らは、気をよくしすぎてバラバラになってしまったのである。

これは各個撃破されやすいが、逆に一網打尽にされにくい、ということでもある。

半数が討ち取られた時点で、残っていたリザードマンたちは『あれ、コレヤバくね？』と気付いてしまい、暴れるのをやめて村に潜んでしまった。

それでも、見つけ次第殲滅できるはずだった。そのはずだったが、リザードマンたちは半端に悪知恵が働いた。

半数に減った彼らは、エルフの森で一番大きな建物『森長の館』へ襲撃をかけ、そこを占拠。しかも森長の娘とその侍女たちを人質にして、立てこもってしまったのである。

3

ディケスの森を治める長《おさ》の住む家、『森長の館』。

そこを占拠しているリザードマン五人は、傷だらけの体に包帯を巻きつつ、大声で喧嘩《けんか》をしていた。

「どうするんだよ！　館の外には殺気立ったエルフがわんさかいるぞ⁉」

「この館に来るのは間違いだった……やっぱ外に逃げるべきだった！」

「バカ言うな！　外は包囲されていたんだぞ？　もしも逃げようとすれば、俺たちは殺されてた！」

「とりあえず、ここにいれば、奴《やつ》らも下手な真似《まね》はできねえ……エルフ向けだが、食糧も備蓄されてる。兵糧《ひょうろう》攻めの心配はねえだろう」

「で、その後どうするんだよ！　結局逃げられねえじゃねえか！」

元々軽い気持ちで攻め込んできたバカどもである。

窮地に追いやられれば、結束もへったくれもない。

誰が悪い、相手が悪い、俺は悪くないと言いあうばかり。

「もうこうなっちまった以上は、仕方ねえだろう。じたばたしても始まらねえ」

それを終わらせたのは、残ったリザードマンたちの中で一番強い『ギャウサル』だった。

「とりあえず、喧嘩はヤメだ。傷が治るまで、腰を据えようじゃねえか」

「まあ……それはそうだけどよ……」

ギャウサルの言葉は、それなりに正しかった。

ギャウサル自身も含めて、全員が血だらけ。これでは何もできたものではない。

「傷が治ったなら、こいつらを人質にしたまま脱出しようじゃねえか。なに、俺らの体に縛り付けて走れば、奴らも手を出せねえよ」

「……なるほど、なんとかなりそうだな」

「それまで死なないように、面倒見てやらないとな」

「エルフは簡単に死ぬもんなあ、それだけは噂通りだったぜ……！」

現在彼らは血まみれだが、その半分は返り血だった。

彼らは決して哀れな弱者ではない、窮しているだけの殺人鬼である。

その殺人鬼と同じ部屋にいるのが、哀れなるエルフの娘たち。

中でも特別美しいのが森長の娘『アスピ』であった。

エルフの中でも特別な階級のものしか身につけられない、銀のごとき布の服をまとう彼女は、数人の侍女から庇《かば》われるように抱きしめられていた。

だがその侍女たちも震えることしかできず、またいざこのリザードマンたちが暴れだせば、何もできずに殺されるだろう。

五人の人質たちは、全員が口に縄を噛《か》まされている。喋《しゃべ》れなくなるほど太くはないが、魔術の詠唱を妨げるには十分なものだった。

魔術を封じられたエルフは、それこそ赤子同然だった。

「あ、アスピお嬢様……ご安心ください、何があっても、私どもがお守りいたします……！」

「あ、ああ……」

「必ず、お父様が、お助けにいらっしゃいます。それまで信じて、お待ちください……！」

彼女たちは励まし合うことしかできず、震えていた。

その怯《おび》える姿を見て、リザードマンはほくそ笑むばかりであった。

4

そんな、館内の凄惨な状況を、外の者たちも想像していた。

想像していた通りだと確認する術《すべ》はなく、ただ焦燥に駆られるばかりだった。

中でも震えているのが、エルフの森長、ディケスであった。

密談を終えて森に戻ってきたら、リザードマンによって襲撃を受けており、既に被害は甚大《じんだい》。そのうえ自分の館が占拠され、娘が人質になっている。

野蛮で考えなしで大阿呆《あほう》で虐殺者であるリザードマンと、一つ屋根の下にいる。

その現状に、彼は今にも大魔術を発射しそうであった。彼の口からは、そのための詠唱が時折漏れている。

だがしかし、それを出さない理性が、彼の中にあった。

「……騎士団へ、出動要請を出せ」

「……森長、それは」

ディケスから指示を受けた側近は、従うことをためらっていた。

ただでさえアヴィオールの件で、この森の立場は悪くなっている。

この上さらに依頼をするとなれば、借りを返し終えていない状態から、更に借り入れることになる。

それを懸念《けねん》する側近を、ディケスは怒鳴りつけていた。

「我らに問題解決能力がないと明かすようなもの、大きな借りを作るもの、であろう？　今、そんなことを言っている場合ではない！」

そして怒鳴る彼を、誰が咎《とが》められるだろうか。

森長の留守を預かっていた者たちは、強く止めるなど不可能であった。

「私の館が占拠されているのだぞ？　私の娘がとらわれているのだぞ？　私に解決能力がないことは、もはや明らかだろうが！」

「森長……申し訳ありません、これは私どもの失態にございます……精鋭部隊を入り口へ常駐させていれば、ここまでのことには……！」

「それを指示していなかったのは、私も同じことだ！　それよりも……救援だ！」

もはや、恥も外聞もない。

森長ディケスは、大声で救援を出すよう指示した。

「私個人の借りという形にしていい、とにかく騎士団を呼べ！」

5

さて、騎士団本部である。

ティストリアにしては珍しく、とても緊迫した雰囲気でガイカクを呼んでいた。

それを感じ取ったガイカクも、さすがに道化の振る舞いを控えている。

「ティストリア様、どのようなご用件で」

「ディケスという長の治めるエルフの森へ、リザードマンが襲撃を仕掛けました。エルフの精鋭部隊がこれを迎撃しましたが、半数が生存しディケスの館を襲撃。そのまま娘や侍女を捕らえ、占拠しているそうです」

短い説明を聞いたガイカクは、しばらく黙った。

そして、はっきり言った。

「手に余ります」

一切ふざけずに、無理だと言い切っていた。

「大変申し上げにくいのですが、私どもでは人質の無事を保証できません。ティストリア様、申し訳ないのですが他の騎士団へお願いしたいです……」

「他の騎士団にはすでに任務があります。私自身も戦地から救援要請が出ており、向かうことが決定しています」

「……」

騎士総長《きしそうちょう》のティストリアにも、側近の正騎士《せいきし》がおり従騎士《じゅうきし》もそろっている。

いざという時にはこれを率いて最後の騎士団として働くことが役目なのだが、それはもう手がついている様子だった。

「しかしながら……私が出向いても、先方が納得するかどうか。新参者であり出自のしれぬ私どもでは、要らぬ衝突を招くだけでは」

ガイカクにしては、言い訳が多かった。

いや、それだけ今回の任務が難しいということであろう。

「その心配は無用です。その森は、アヴィオールの出身地……彼を討った貴方《あなた》たちを、軽く見ることはありません」

「……わかりました、最善を尽くします」

ガイカクは、そう答えた。もはや受け入れるほかないと、理解したのである。

ならば、最善を尽くすほかない。

ガイカクは、最大の難問にぶつかろうとしていた。

6

騎士団本部を出たガイカクは、かつてティストリアに初めて会ったときと同じような緊迫感をもって、騎士団を招集していた。

その彼の緊張を嗅ぎ取って、ゴブリン以外の面々は神妙な面持ちとなる。

「ディケスの森で、リザードマンによる襲撃事件が起きた！　現在ディケスの娘を人質にして立てこもっており、その救助が我らの任務となっている！」

エルフがリザードマンに捕まっているから、救助しよう。

簡単すぎる文章から、その難易度が全員へ伝わった。

「……さすがは騎士団、とんでもない命令が来たな」

歩兵隊長アマルティアが、そうつぶやいた。

何が難しいのかと言えば、エルフを救助する、というのが難しいのである。

エルフは外傷に弱く、普通の人間たちからすれば『こんなんで死ぬの？』とびっくりするぐらい簡単に死ぬ。

それを助けろというのは、繊細なガラス細工を敵から奪ってこい、という命令より無茶だ。

だがそれぐらい難しい用件でもなければ、エルフの森から要請が来るわけもない。

「まあそうだな、それだけ難しい仕事というわけだ。実際俺自身も、ティストリア様に投げようとしたほどだしな」

今まで、どんな仕事でも『手品のように解決してみせましょう』と言っていたガイカクをして、成功する保証のない任務だった。

それを知って、誰もがさらに身震いをする。

そう、それが騎士団になるということなのだ。

「今回はオーガとゴブリン、人間が残れ、他は全員連れていく。ただ今回は大急ぎだ。ドワーフとエルフは、俺と一緒にナイン・ライヴスに乗って先行する。ダークエルフ、獣《じゅう》人《じん》は馬を乗り継いでついてきてくれ」

オーガとその装備であるフレッシュ・ゴーレムは、運搬や移動に時間を要する。人間の数の多さは、今回の任務では生かせない。

そのため置いていくが、他の面々は可能な限り連れていく。

ガイカクの判断に、誰も文句を挟まない……。

「あ、あの……」

かと思いきや、エルフのソシエが手を挙げていた。

とても気まずそうに、しかしはっきりと意思を表明し始めた。

「私……ディケスの森の生まれでして……私を売った家族は今もそこで暮らしていまして……あんまりいい思い出が無くて……正直に申し上げて……助けたくないです」

救援要請を、団員の私情で断る。

それは騎士団以前の問題であり、到底許されることではなかった。

だがそんなことは、ソシエもわかっている。それでも行きたくない、助けたくないと彼女は言っていた。

他のエルフたちを見ても、ソシエの意見に同感のようである。

「ど、どうしてもというのなら、わ、私たちを連れて行かないでほしいです」

今回の任務に参加したくない。

ソシエたちエルフにとって、総意と言って過言ではないようである。

他の種族の者たちも、彼女らに同情的なようであった。

「……」

ガイカクは、それを聞いてしばらく黙った。

黙ったうえで、振り払った。

「はっきり言うぞ」

ガイカクは険しい目で、ソシエたちを見る。

「今回の任務は、とても難しい。お前たちの気持ちに、配慮する余裕はない」

ガイカクは悪ふざけを抜きにして、真摯に深刻さを語る。

それは彼女たちの願いを却下するだけではなく、反論を聞く気もないという表れであった。

それを察したからこそ、ソシエたちは黙った。

「だからあえて……きれいごとを抜きに話してやる」

黙ったソシエたちに、ガイカクははっきり言った。

「助けてから陥《おとしい》れろ！」

職業意識が、高いのか低いのかわからない言葉だった。

「騎士団としての最初の任務で、俺は二人の伯爵に賄賂を渡し、事件を終わらせただろう。正直に言って、俺だってあんな奴《やつ》らにいい顔はしたくなかった。だが任務は任務だ、やらないといけない。だから完璧に終わらせた」

記憶に新しい、騎士団の初仕事。それにはソシエも同行しており、ガイカクが両伯爵へ何を言ったのかも把握している。

「だがそのあとも全然反省していなかったんでな、しっかりと文句を言ってやった。アホ二人は、反論もできなかった。なぜだかわかるか、仕事を終わらせた後だからだ！」

ガイカクは今回の人質奪還が、復讐《ふくしゅう》計画の第一歩であると宣言する。

「まず、今回の仕事を成功させろ。それが終わった後なら、お前たちの復讐なりマウントなりに付き合ってやる」

「先生が、ですか？」

「ああ、俺が協力する。約束する」

このガイカクが約束すると、ものすごく信頼感がわいてきた。

「……はい、先生！　助けて恩を売り、しかる後に復讐します！」

「その意気だ……全員、気合いを入れろ！」

その意気込みはともかく……。

ガイカク・ヒクメ率いる奇術騎士団《きじゅつきしだん》、創設以来もっとも困難な任務が始まろうとしていた。

7

ガイカクとドワーフ、エルフで構成される奇術騎士団の先行部隊は、出発してから二日後の昼にはディケスの治める森へ到着していた。

普段なら意気揚々と依頼人の元へ向かうガイカクだが、今はまだナイン・ライヴスの中で考えに耽《ふけ》っている。

「……棟梁《とうりょう》、ついたぜ」

「ああ、わかっている」

ガイカクの乗っている車を運転《うだ》していたベリンダは、彼へ到着したと話す。もちろんガイカクもわかっているが、それでも彼はまだ動かなかった。

「さすがの棟梁でも……奇術騎士団でも、エルフの人質を助けるのは無理難題かい」

「種も仕掛けもない屋敷《やしき》から、エルフを脱出させる……まあ無理だな」

ガイカクの表情は、真剣そのものである。

限界ぎりぎりまで作戦を考えたい、そんな顔をしていた。

「ここまで来ても、なんのアイデアも浮かばないかい？」

「いや……一つだけ思いついた」

仕事を請け負ってからここに来るまで、ガイカクは熟考に没頭していた。

その甲斐《かい》もあって、一つだけは作戦を思いついていた。

「流石《さすが》だね……しかし、その顔を見るに……ヤバい作戦みたいだねぇ」

「ああ、正直運任せの要素が多い」

その作戦が盤石であれば、ガイカクもここまで『他の作戦』を考えることはないだろう。

今彼の脳内にある唯一の作戦は、とても危険が多かった。

「お前たちにも、危険が及ぶ」

「……びっくりするね、アンタそんなにアタシらのことが好きなのかい」

「お前たちドワーフはまだいなかったが、……俺は騎士団を発足するときに、自分の部下に『俺の命令に従えば死なない』と言った。それに反することはしたくない」

騎士団に属し、騎士団の任務をこなす。そのうえで、死なない。

そんな絵空事をガイカクは語ったが、彼はそれを本気で守ろうとしていた。

そこには、彼の誠実さがある。ベリンダはその真面目さに好感を抱きつつも、その背中を押していた。

「アタシら奇術騎士団は、アンタが作戦を立ててくれなきゃなんもできない。だけどアンタの作戦にはみんな従うさ。危険があるったって、絶対に死ぬわけじゃないだろう。それなら誰も呪わないさ」

「……そうだな、ここで考えていても始まらないか」

ガイカクは覚悟を決めて、車の外に出た。

既に立てこもり事件が始まってから、五日も経過している。可及的速やかに、事態の解決を図らなければならなかった。

彼はエルフとドワーフを引き連れて、森の中へ入っていく。そこにこの森のエルフたちがやってきた。

全員が物々しい雰囲気をしており、厳戒態勢にあることを示していた。

「貴殿らが、救援の騎士団か……その紋章、奇術騎士団……アヴィオールを討った者たちか」

ちょっとポップなデザインの隊旗は、ちゃんとナイン・ライヴスのボディにも描いてある。

「違うのか？」

「いえ、その通りです」

「……」

だがそれで識別されると、ちょっとセンチな気分になるガイカクであった。

しかしそんなことを考えている余裕はない。ガイカクは早々に気分を切り替えた。

「森長《もりおさ》のディケス殿へ、早々にお会いしたい」

「はい！　ディケス様も、貴方《あなた》様をお待ちしておりますので……さあ！」

ガイカクたちは騎士団ということもあって、早々に森の中へ案内された。

普段であれば他種族の侵入にはそれなりに身分証明などの手間をかけるのだが、今は一周回ってそれどころではなかった。

凶暴なリザードマンが暴れたとあって、森の中にある建物は痛ましいほどにボロボロだった。

復旧作業も始まっていたが、まだ事件が解決していないこともあって、雰囲気はとても暗い。

ほどなくして、ガイカクたちは大きな建物、エルフの防衛隊本部についていった。

さすがに全員入る意味もないので、ガイカクだけが中に入っていく。

そこには血走った眼《め》をしている、腰に細身の剣を下げたエルフの男性がいた。

エルフは非力な種族であるため、細身であっても鉄の剣を使えるということは、それだけ鍛錬を積んでいるということ。

その実力は、察するものがあった。

「この森を治める長のディケスだ……この度は救援に来てくださり、感謝の念に堪えない。まさかこれほど早く来てくださるとは……」

「お初にお目にかかります、ディケス殿。奇術騎士団団長、ガイカク・ヒクメにございます。本来であれば古来の礼に則《のっと》って挨拶をするべきでしょうが……今は事件解決を最優先にすべきかと」

「違いない……！」

ディケスは血走った眼をさらに燃え上がらせて、その細く長い指を震わせていた。

「早く来てくださった、というのは嘘《うそ》ではない。だがこの数日……一秒が一年に思うほどであった……！」

「ご息女が危機的な状況なのです、当然かと」

「呪わしいのは、何とかできた、と思うからこそだ！　私がもっとちゃんとしていれば、そもそも奴らごときに森を荒らされることはなく……！」

「ディケス殿」

ガイカクは、フードを取った。

そこにあるのは、人間の顔だった。

とても冷静で、気品があり、知性のあふれる顔だった。その眼は、ただまっすぐ見つめてくる。

その彼を前にしていると、取り乱している己を恥じる気持ちがわいてくる。

「呪うのは、後にしましょう。責任や進退を民へ問うのは、まだ早いはず」

「……そうだな、申し訳ない」

彼が落ち着くところを見てから、ガイカクはフードを被《かぶ》りなおした。

「よろしければ、お屋敷の地図と、わかっていることを教えていただきたい」

「そうだな……屋敷の見取り図と、地図をお見せしよう」

とてもシンプルな地図が、会議室の机に広げられた。

それはお屋敷の周辺地図と、そのお屋敷内部の簡単な図であった。

「端的に言えば、私の屋敷は広場の中心にある、と思ってくれ。周囲には木も家もなく、近づけばすぐわかるようになっている」

「エルフの森にしては珍しい場所ですな」

「だからこそ、特別な家だった……それが呪わしく思う」

近くに何か遮蔽物でもあれば、と思わないでもない。

だがそんな『たられば』に、何の意味もなかった。

「屋敷だが……基本的に円形だと思っていい。どの部屋も窓があり、中をある程度見られるようになっている。だが……中央の広い茶室だけは、窓がない。そしておそらく、娘と侍女はそこにいる」

当然だが、抜け穴だのパニックルームだの、非常用の脱出手段などない。

そんなものがあれば、とっくに事態は解決している。そもそも騎士団を呼ぶこともない。

だからこそ、一々確認することもなかった。

「……敵の人数と、人質の人数は正確にわかっていますか？」

「どちらも五人だ……」

「唯一のいい情報ですね……相手から何か要求は？」

「近づこうとすれば、威嚇してくる程度だ。既に奴らには手傷を負わせてある、それが治るまで粘るつもりだろう。屋敷の中には食糧の備蓄もある……リザードマンでも、食べられないわけではないからな」

「……傷が治った後、どうすると思いますか？」

「娘たちを体に縛り付けて、逃げ出すつもりだろう……そうなれば、もうどうあっても助けることはできない！」

ふるふると震える姿を見て、ガイカクはしばらく黙った。

彼の理性が、自力で立ち直る時を待ったのだ。

「リザードマンの生命力は強い。止血をして栄養を摂《と》り、日を置けば体力とともに大抵の傷がふさがる。」

「慧眼《けいがん》ですな……私もそう思います。もう猶予はないと思っていいだろう」

まさに膠着《こうちゃく》状態ではあるが、だからこそ敵の手は限られている。いえ、奴《やつ》らは他に打てる手がない」

そしてその唯一の作戦は、こちらからすれば最悪の作戦だった。

「忌々《いまいま》しい、バカはバカなりに知恵が回る！」

「……」

「私は夢の中でさえ、できることを考えていた。だが何一つ思いつかない……ヒクメ卿《きょう》！」

ここでディケスは、泣きそうな顔を見せた。

男として父として、涙をこらえている目だった。

「かのアヴィオールを討った実力と……いかなる事態も手品のように解決するという腕前……なんとかしていただけないでしょうか？」

ディケスは、絶対に成功する作戦、娘の命が保証された作戦を求めていた。

ガイカクとて、それに応えたかった。できることならば、確実に成功する作戦を提案したかった。

だがガイカクは、それを持っていなかった。彼にできたことは、不確実な提案だけである。

「はっきり申し上げますが、確実に助けられる、という策はございません」

「賭けになると……？」

「ええ、まずは聞いていただきたいのですが……」

ガイカクは手順を話し始めた。

それはとても大雑把でいい加減で、なにより人質の命を危険にさらすものだった。

到底、自信をもって勧められるものではない。

「……それで行きましょう」

だがディケスは、その意見をそのまま受け入れた。

「良いのですか？」

「構わない。どのみち私どもでは、強引に行くしかなかった。助かる可能性がある分、貴殿の策の方がよい。いや……というよりも、ここまで不利な状況で、人質を確実に奪還できる策などない。あり得ない」

ディケスの決断は、自棄《やけ》と理性の混ざったものだった。

実際のところ、この条件で『絶対に成功する作戦』などあるわけもない。

それを要求するほど、彼は愚かではなかった。

「そして……仮にこの作戦の結果がどうであれ、貴殿に責任はない」

ディケスは、責任のありかをはっきりさせた。

「それは、違います」

だがそれを、ガイカクは否定する。

「私が派遣された以上、それは通らない。騎士団は無責任な集団だと、おっしゃるのなら別ですが」

「……そうだな、申し訳ない。貴殿と私の共同作戦だ……訂正させていただくよ」

ディケスは頼るべき相手を、援軍を求めていた。

ならば責任がないとは、言えるはずもなかった。

8

リザードマンたちの療養は、外の者たちが思うほど芳《かんば》しくはなかった。

人質をとっているとはいえ、敵に囲まれているのである。そうすやすやと眠って休めるわけもない。

また栄養状態も十分とはいいがたい。なにせエルフの食糧と言えば、脂身がないのだ。リザードマンたちからすれば、ダイエット食品を大量に、無理やり食べているようなものである。

それでは傷の治りがいいわけもない。

彼らはぶつくさと文句を言っていた。

「ああもう……なあ、表のエルフどもに『肉よこせ！』って言わねえか⁉」

「俺がエルフなら、それに遅効性のしびれ薬でも混ぜるな。それで効いてきたころ合いに襲い掛かってきて、袋叩《ふくろだた》きにするぜ」

「うっ……ちくしょう！」

若きリザードマンたちは、バカなりに学習していた。

追い詰められたからこそ、慎重になっている、ともいえる。

悪事を働く前に慎重になっていれば、こんなことにならなかったであろうに。

まったく、愚かというのは双方にとって損なことである。

「……一応聞くけどな、人質はどうしてる？」

「ああ、真ん中のデカい部屋に閉じ込めてるぜ。口枷《くちかせ》を咥《くわ》えさせてるから、全員おとなしくしてるよ」

「まったく、表のエルフもそれぐらい賢ければいいのになあ！」

追い詰められているのは彼らも同じだった。

だが助かる見込みがあると信じて、時が経《た》つのを待っていた。

彼らにとっても、この籠城《ろうじょう》戦は忍耐を要するものだったのだ。

その忍耐を削るかのように、外から音が入ってきた。

騒音とかではない、楽曲である。多くの楽器を使った曲が、外から聞こえてくるのだ。

「……な、なんだあ⁉」

「おい、表を見ろ！　一応言うが、狙撃に気を付けながらな！」

「わかってる！　カーテンをちょいと開けるだけだ！」

かなりの大音量であったため、リザードマンたちは慌てる。

一体何が始まっているのかと思って、外の様子をうかがった。

するとそこには、他でもないディケスが立っていた。

彼の背後にはオーケストラのような楽団がおり、全員で楽器を鳴らし、曲を奏《かな》でている。

「聞くがいい、リザードマンよ！　お前たちに提案を持ってきた！」

その曲が収まると同時に、ディケスが声を張り上げる。

「どうか、私の娘だけでも解放してほしい！　代わりに私自身や、私の妻を人質として差し出そう！　決して悪い話ではないはずだ！」

屋敷《やしき》からかなり離れているが、彼の声はリザードマンたちにも聞こえていた。

それこそ、よほどの大声を出しているのだろう。

その言葉からは、真剣さと芝居が、同時に感じられた。

「どうする？」

「どうするもこうするもねえだろう」

「そうだな……ふざけんな！　とっととどっか行け！」

「次に来たら、お前の娘をぶっ殺すからな！」

それに対してリザードマンは、顔も出さずに叫んで対応する。

「ぬう……撤収！」

ディケスは忌々しそうに、楽団へ撤収の指示をした。

エルフたちは速やかに離れていき、この屋敷に静寂が戻る。

リザードマンたちは一息ついて、呆《あき》れていた。

気持ちはわからないでもないが、飲むわけがない話だった。

「まったく、なんの騒ぎかと思ったら……あほなことを言いだしやがって」

「よっぽど娘が可愛《かわい》いんだろうな……そうでなけりゃあ、あんなことを言うわけがねえ」

「やっぱり、あの娘が生命線だな。何があっても逃がすな……殺すなよ？」

「わかってるよ！」

リザードマンたちは、ディケスの娘、アスピの価値を再確認していた。

やはり彼女がいる限り、自分たちはまだなんとかなる。

安心材料を得たかのように、彼らは表情を緩めていた。

そして、そのリザードマンたちと同じ屋敷にいる、中央の部屋に閉じ込められたエルフたち。

アスピとその侍女たちには……父であるディケスの声は届かなかった。さすがに部屋を隔てては、声が聞こえなかったのである。

だが、肝心なものは届いていた。ディケスの声は聞こえなかったが、楽団の曲は聞こえたのだ。

そしてその曲こそが、肝心であった。

「お嬢様、今の『曲』は……わかりますね？」

「ええ、で、でも……！　でも！」

「お嬢様、お父様を信じてください。そして私たちのことも……！」

アスピは震えていたが、侍女たちはもう震えていなかった。

自分たちが何をすべきか、すべて理解したがゆえに。

「私たちが、貴方《あなた》をお守りいたします！」

魔術が使えぬよう口に縄を噛《か》まされてなお、彼女たちは正しく意思を伝えていた。

9

ガイカクたち先行部隊が到着してから翌日、獣人《じゅうじん》とダークエルフが到着した。

とんでもなく大慌てで到着したので疲れているのだが、休憩している時間はなかった。

彼女たちはガイカクの指示に従って、あわてて準備をする。

その内容はある意味『奇術』的であったが、今までになく緊迫したものだった。

なにせ概要を聞いた彼女たちをして『それ、成功するの？』と、首をかしげたくなる作戦だった。

そしてガイカク自身、絶対に成功する、など言えないものだった。

ガイカクの作戦は『人間歩兵を主体とする普通の作戦』と、『違法兵器を主体とする奇策』の二段構えになることが多い。

敵はこの二つの板挟みとなって餌食《えじき》となるのだが、今回はその『普通の作戦』がほぼない。いや、まったくない。

通じる保証のない奇策だけで『エルフの貴人を救助』するという、非常に危ない作戦を成功させるなど……。

もはや、運頼みに等しい。というよりも、それ以外の何物でもない。

だがそれでも、全員が奇策に全力を注いでいた。

ディケスも言っていたが、そもそもこの条件で絶対に成功する作戦などない。

奇策でも何でも、成功する見込みがあるのならやるべきだった。

エルフの森の者たちと全面協力のもと……。

その、作戦決行の時が訪れる。

10

その日の正午、よく晴れた日であった。

エルフの森は木が生い茂っているが、その木漏れ日でさえ森が照らされる、とても明るい日であった。

室内にいたリザードマンたちは、カーテンでそれを隠しているためわからなかった。

ただ傷を癒《いや》そうと、不味《まず》い飯を口の中に押し込んで、焦《じ》れる空気の中うろついて……。

そして何より、人質を押し込んでいる部屋を何度も確認していた。

家の中央にある部屋には、出入り口となるドアが一つしかない。

そこの前に重めの家具を置いて、物理的に封鎖している。

そのドアにあるのぞき窓、と言っても丸い穴が空いているだけだが、そこから内部の様子を確認するだけだった。

人質は五人。

ディケスの娘アスピと、その侍女四人。

彼女たちはのぞき窓から見えるところに固まっていて、ぴくりとも動かずにいた。

彼女たちが、否《いや》、アスピさえ生きていれば大丈夫。

リザードマンたちは無言になりつつも、しかしそれだけを信じて時が過ぎることを待っていた。

そんな時である。表から、なにやら大きな音がしてきた。

昨日と変わらず……ではない。明らかにショーやパレードのような、にぎやかで子供が好きそうな音楽だった。

「なんだ、またエルフか……」

「もういい加減、侍女の一人ぐらいぶっ殺して見せしめにしてやろうか……」

「いや、待て。エルフじゃないぞ？」

「はあ？　じゃあエルフどもが騎士団でも呼んだのか？」

リザードマンたちは、窓の外をうかがった。

するとそこには、楽器を必死で鳴らしている人間たちと、その前にフードを被《かぶ》った男がいた。

「レディース、エンド、ジェントルメン！　このエルフの森にお住まいの皆様、またリザードマンの皆様！　お初にお目にかかります！　私は奇術騎士団《きじゅつきしだん》の団長、ガイカク・ヒクメにございます！」

奇術師というよりもサーカス団の団長めいた振る舞いをするガイカク。

彼は騎士総長《きしそうちょう》が作った旗まで掲げて、全力で道化を演じている。

「……奇術騎士団？」

「あの、最近噂《うわさ》の、新鋭の騎士団か……どんな事件も手品みたいに解決するとか……」

「おい！　今すぐあの部屋を見てこい！　アレが囮《おとり》で、もう屋敷に入っているかもしれねえぞ！」

「わ、わかった！」

リザードマンのリーダーに収まったギャウサルの指示を聞いて、一人のリザードマンが中央の部屋へ慌てて駆けていく。

部屋の中をのぞいて見るが、やはりエルフの女たちが見えるところにいるだけだ。

外の様子を感じ取ったのか、震えているようにも見える。しかし五人全員がいると、たしかにわかった。

「いるぞ‼　どうする？　中も見るか？」

「いや、それも罠《わな》かもしれん！　ドアを開けたら出てくる……なんてこともある！　むしろ、ドアの前にもっと物を置いておけ！　とにかくその部屋から出さなければいいんだからな！」

他に出入り口はない、と全員が確信している。

そんなものがあるのなら、とっくに全員逃げ出しているか、外から救助がきている。

そうなっていないのだから、ドアさえ封鎖していれば問題ないはずだった。

「そうだな……よし、もっと家具を積んでおくか！　そうすりゃあ、忍び込んできても、どかすのに時間がかかるしよ！」

「そうだ……相手が手品師だからって、タネも仕掛けもなけりゃあ、何にもできねえ！」

焦《あせ》りつつも、冷静に対応しようとするリザードマンたち。

内部の様子を知ってか知らずか、ガイカクはさらに言葉を続ける。

「本日は皆様に、奇跡の脱出ショーをご覧に入れましょう！　恐ろしいリザードマンたちにとらわれた、ディケス様のご息女、アスピ様……彼女をその館から、一瞬で脱出させる……そんな手品でございます！」

如何《いか》にもショー、興行めいた振る舞いだった。

だがやろうとしていること、宣言していることはごく当然だった。

むしろ他の何をしに来たのかわからない。

「で、できるわけがねえ……なあ！」

「ああ、手品なんてもんは、結局抜け穴だの通路だのがあってなんぼだ！　この家にそれはねえ！」

「本当に種も仕掛けもなしに、脱出ショーができるかよ！」

リザードマンたちは、どんな観客よりもまじめだった。

そんなことが起きるわけがないと思いつつ、しかしそうなったらどうしようと、本気で危ぶんでいた。

「そうだ……」

ギャウサルも、不安を抑えるように安心材料を唱える。

「どんな脱出作戦があっても、逃げる本人たちが作戦を知らなきゃあ、うまくいくわけがねえ」

リザードマンが、あるいは他の誰もが固唾をのむ。

アスピ救出をかけた時間が、今まさに訪れる。

「3！」

「2！」

「1！」

あまりにもわかりやすい、ガイカクの合図。それに合わせて、行動を起こす者たちがいた。

森長《もりおさ》の館を遠くから包囲していた獣人たちは、持っていた煙玉をその館へ向けて投げた。

それはほとんどが壁に当たって館の壁を煙で包む程度だったが、中には窓に当たって中へ入るものもあった。

当然室内なので、煙が充満してくる。

「う、うぉおお⁉　火か⁉」

「人質がいるんだぞ、そんなことするか！」

「ただの煙玉だ！　毒だって入っているわけがない！」

　リザードマンたちは、冷静であろうとした。

　相手はこちらを混乱させようとしている、そう考えて自分を保とうとしていた。

「そうだ、あの部屋の入り口を守っている限り、めったなことは起きねえ！　この館の壁をぶっ壊すことはできても、部屋には普通に入らないと、中のエルフが死ぬ！」

「荒っぽいことなんて、できるわけが……」

　リザードマンたちは、カーテンをわずかにめくって、外を見ていた。

　もちろん館も煙に包まれているのだが、さすがに時間が経《た》つと晴れてくる。

　その晴れた煙の中から、貴人の服を着たエルフの娘が出てきた。

　いや、正しく言えば、煙から出て、館から離れているエルフの背中が見えた。

　それこそ、リザードマンたちから逃げようとしている。

　エルフゆえに決して速くはないが、それでも懸命に走っていた。

「は、はああ⁉　おい、中を確認しろ！　中に入って、ちゃんといるか見てこい！」

「いいのか⁉」

「急げ！　本当に逃げられていたら、どうしようもない！」

そんなはずがない、そんなことあってたまるか。

信じたいからこそ、リザードマンたちは確認をしようとする。

もしも本当に脱出しているのなら、それこそ終わりだった。

「……！」

リザードマンは、あわてて部屋の外に積んだ家具をどかす。

もちろん、ついさっき自分で積んだ時と何も変わっていなかった。動かした形跡も、もどした形跡もない。

だがそれでも、まったく安心できなかった。

なぜなら部屋にいるエルフたちは、一様に顔を隠していたのだから。

「お、おい！　顔を見せろ！」

リザードマンは、侍女に囲まれていた、貴人の服を着ている女の顔を無理やり見た。

そして、その顔を見て絶望する。

「ち、違う！　こいつ、森長の娘じゃねえ！」

「な、なんだと⁉」

「嘘《うそ》だろ、そんなわけが……！」

他のリザードマンたちも、あわてて部屋に入る。

顔をあまり覚えない彼らでもわかるほど、貴人の服を着ているエルフはアスピではなかった。

それこそまず、年齢が違う。明らかに年齢が上だった、娘というよりも母親のような歳《とし》である。

「ふふふ……！」

その女は、無理やり貴人の服を着ていた。サイズが合っておらず、張り詰めている。

「アスピ様なら、もう逃げたわ！　その姿を見たのでしょう？」

「ふざけやがって！」

憤《いきどお》ったギャウサルは、挑発的に笑うその女の腹を蹴り飛ばした。

「‼」

そのエルフはくの字になって吹き飛び、床に転がる。

肉体的な性能に差がある両者ゆえに、致命的となる一撃だった。

「ふ、ふふ……まぬけ……！」

それでも彼女は笑っていた。

死に行くだけでありながら、最後まで嘲っていたのである。

その姿に追撃を入れたくなるが、それどころではなかった。

「いそげ！　連れ戻せ！」

「わかってる！　というか、全員で行くぞ！」

「ああ！　もう逃げたんだ、ここは安全じゃねえ！　魔術で館ごとぶっ飛ばされるぞ！」

「侍女が人質になるわけねえ！　魔術で館ごとぶっ飛ばされるぞ！」


リザードマンたちは、あわてて部屋を出ていく。

いや、館を出ていく。

ドアを開けることもなく、壁や窓を突き破って、『貴人の服を着ていたエルフの娘』を追いかけていった。

「ご、ごぅ……！」

薄れていく意識の中で、『貴人の服を着ている年配のエルフ』は笑っていた。

それは嘲りの笑みではなく、安堵《あんど》の笑みだった。

「イータカリーナ！　イータカリーナ！」

震えて何もできなかった、他のエルフたちが駆けよる。

だがしかし『回復魔術』などというものは存在しない、彼女へ何かをできる者はいない。

できることと言えば、名前を呼ぶことだけだった。

「イータカリーナ！　ああ、私の身代わりになって……！」

「言ったでしょう、お嬢様……命に代えてもお守りいたしますと……」

倒れている女性は、侍女の服を着ている娘の、その一人をお嬢様と呼んだ。

なんということはない、彼女こそアスピだったのである。

「あのリザードマンが消えたのです、お父様が、もうすぐいらっしゃいます……よう、ございました……」

「イータカリーナ！」

アスピは脱出などしていない、侍女の一人と服を交換しただけだった。

あまりにも古典的で、あまりにも陳腐だった。手品と呼べるほどのものでもない。

だが空腹が最高のスパイスであるように、焦燥こそ詐欺を成功させる最大の要素である。

リザードマンたちは、この替え玉を見破ることができなかった。

さて、成功したこの作戦だが……なぜ外と連絡のできなかった彼女たちが、事前に着替えをできたのか。

それは昨日、ディケスが率いた楽団に秘密がある。

エルフに古来より伝わる歌劇、『マスト・ウォー』。

この歌劇の最終章では、皇帝が影武者と服を交換して逃げることに成功した、となっている。

その最終章の曲を、楽団は奏《かな》でたのである。

それを聞いた、アスピと侍女たちは悟ったのだ。

アスピと侍女で、服を交換しろ。それが作戦なのだと。

細かいことはわからなかったが、それでも成功に至っていた。

影武者が死ぬことも含めて、歌劇の通りになってしまったのだが……。

11

さて、では館から逃げていく、貴人の服を着たエルフの娘は何者か。

奇術騎士団《きじゅつきしだん》の砲兵隊、その一員ソシエである。

本来貴人しか袖を通すことを許されない、最高級の服。

それを彼女が着ることは違法だが、そんなどうでもいいことを気にする者は一人もいなかった。

（まさかこんな形で着ることになるなんて……！）

彼女は大変だった。

まず煙玉が割れてから館に向かって走って、煙玉が晴れ始めてからさらに館から走って逃げようとしているのだ。

体力に乏しいエルフにとっては、とんでもない苦行であった。

だがそれでも、リザードマンが接近してくることを悟ったときは、しめたと笑っていた。

彼女の足が遅いこともあって、相手は彼女の姿を見てから部屋を確認し、さらにこちらへ襲い掛かってくるところまで、自然に演出できたのである。

「さあ、お嬢様！　こっちへ！」

「は、はい！」

ガイカクにお嬢様と呼ばれることにこそばゆさを覚えつつ、森の中まで持ってきたナイン・ライヴスの中に入ることができた。

ふと後ろを見れば、リザードマンたちが必死の形相で迫ってきている。

それから逃れる形で、ナイン・ライヴスは走り出していた。

「ち、ちくしょう！　待ちやがれ！」

「アイツを捕まえないと、俺たちは終わりだああ！」

リザードマンは頑丈だが、足の速さはそこまででもない。

走り出したナイン・ライヴスに追いつきつつあるが、一瞬でしがみついてくるわけでもなかった。

「せ、先生……や、やりましたね！」

「そんなことは後にしろ！　急げ！　もう次の段階だぞ！」

リザードマンをアスピから引き離せた時点で、救出はほぼ終わっている。ソシエは思わず笑っていた。

だが安堵をするには早い、ここからはリザードマンを殺す作戦に入っていた。

「ほら、つけろ！」

「わ、わかりました……！」

揺れる車内で、ガイカクとソシエはシー・ランナーを装着した。

普段は獣人《じゅうじん》たちが身に着けているコレだが、別にエルフや人間がつけられないわけではない。

二人の体は、それによって軽くなる。

「棟梁《とうりょう》！　もういいんだな!?」

「ああ！　舵輪《ハンドル》を固定《そうだ》しろ！」

通常は複数で運転するこのナイン・ライヴスだが、今はベリンダ一人しか乗っていない。

彼女は舵輪《ハンドル》を縄で縛って固定すると、自分もシー・ランナーを装着する。

これが何を意味するのか、わかるものにはわかるだろう。

「ナイン・ライヴスが来た！」

「急いで！　発煙筒を投げるのよ！」

森の中の道を走るナイン・ライヴスを見て、その進行方向で待機していたダークエルフたちも動く。

彼女たちは渡されていた煙玉を、ナイン・ライヴスの進路へ投げていった。

それは必然的に、ナイン・ライヴスの後方から追いかけてくる、リザードマンたちを煙で包む。

「ま、また煙か！」

「絶対見失うなよ‼」

いくら煙に突入しても、車両であるナイン・ライヴスを見失うわけがない。

リザードマンたちは、なんとかその車両に追いつこうとする。

しかしその煙の中で、ガイカクとエルフ、ドワーフは車両から飛び降りていた。

「〜〜！」

「‼」

ベリンダは一人で、ガイカクはソシエを抱きしめて、車内から森へ身を投げた。

いくら最高速度ではないとはいえ、走っている車から飛び降りるなど、完全に交通事故である。

頑丈なベリンダはともかく、ソシエは致命傷を負いかねない、危険な作戦だった。

「ま、待て～～！」

「も、もう追いつくぞ‼」

だが最大の問題だった、リザードマンを煙《けむ》に巻くことは成功していた。

声を殺していたガイカクは、リザードマンたちがナイン・ライヴスを追いかけていく姿を視認してから、状況を確認しようとする。

「おい、大丈夫か？」

「先生……」

ここでソシエは、我に返った。

最高の服を着て、ガイカクに抱きしめられて、一緒に倒れている。

不謹慎ではあるが、ロマンチックの極みであった。

「大丈夫かって聞いてるんだが⁉　声も出せないか⁉」

「い、いえ……なんとか……先生が抱きしめてくれたおかげです」

「そうか、ならいい！」

危険にさらした部下が、怪我《けが》をせずに済んだ。

ガイカクはここでようやく、一息ついていた。

「棟梁……マジでいいのか？」

その一方で、先ほどまでナイン・ライヴスを運転《そうだ》していたベリンダは恨めし気だった。

自分たちが頑張って作った作品の、その行く末を思うと切ないようである。

「いいさ……生きていれば、また作れる。今度はもっと、いいのを作ろう」

12

ナイン・ライヴスはずっと同じ心臓の組だけで動いていた。

また森の道には起伏があり、心臓へダメージが溜《た》まっていった。

よって特に操作をするまでもなく、ナイン・ライヴスの速度は落ちていく。

「み、見ろ！　追いつけたぞ！」

「馬が引いているんだろうが、ばてたみたいだな！」

「急げ、早く確保しろ！」

幸いと言っていいのか、リザードマンたちはなんとかナイン・ライヴスに取りつき、その後部についていたドアを開けることができた。

そして内部に入って、アスピを捜そうとする。

「な、なんだこりゃあ⁉」

そして彼らが見たのは、ナイン・ライヴスの機関部であった。

整備性を最優先に考えたナイン・ライヴスは、トラックで言うところの荷台に当たる部分が、丸々機関部となっている。

そこには透明な容器に入っている、脈動する九つの心臓があった。

そんなものを見れば、誰もが困惑するのは当たり前だった。

だがそれを気にしている場合ではない、車内にはアスピはおろか、誰もいなかったのだから。

「おい、誰もいないぞ⁉」

「ま、またかよ！」

「隠れてる……いや、途中で降りたんだ！」

「くそ、さっきの煙だな……降りて引き返すぞ……！」

状況を把握したリザードマンたちだが、その全員を強い振動が襲った。

屈強なはずの彼らは、車内の前方へ吹き飛んでいく。

無様に車内で重なり合った彼らは、状況を把握などできていない。

しかし、車外から見れば一目瞭然だった。

舵輪《ハンドル》を固定されて、ふらふら走るだけだったナイン・ライヴスは、森の中の大きな木に激突して、そのまま停《と》まったのである。

当然ながら、これも作戦の範疇《はんちゅう》であった。

「森長《もりおさ》！　侍女の一人が致命傷を負いましたが、お嬢様はご無事です！」

「リザードマンは、全員あの荷車の中です！」

「ヒクメ卿《きょう》も、囮《おとり》となったエルフも、運転していたドワーフも離脱した様子！」

「そうか……！」

ナイン・ライヴスが停まった木の周囲には、既にディケスの森の精鋭たちが待機していた。

エルフの中でも選《え》りすぐりの猛者《もさ》たちが、完全なる包囲網を敷いていた。

もちろんその中には、怒りに震えるディケス自身の姿もあった。

「では、仕上げだ……奇術騎士団が、我らに用意してくださった、一網打尽の好機……決して逃がすな！」

彼らは怒りをもって、最大級の魔力攻撃を放った。

騎士団でも実現できない、エルフの守備隊だからこそ実現する、雲霞《うんか》のごとき魔術の雨。

「あ、あああああああ！」

ケンタウロスの攻撃を弾《はじ》いたナイン・ライヴスの装甲は、エルフの魔力攻撃にはまったく無意味だった。

少々強いというだけのリザードマンの鱗《うろこ》も、あっさりと粉砕されていく。

この地で大暴れをしたリザードマンは、ガイカクとドワーフの作ったナイン・ライヴスとともに、文字通り粉砕されたのだった。

「皆、死体の確認は任せる。私は……」

「ええ、森長は、どうかアスピ様の元へ……」

虐殺者の死に歓声が沸く中、ディケスは自分の館へ走っていった。

その顔に、安堵《あんど》はひとかけらもなかった。

13

先ほどまで占拠されていた森長の館には、大勢のエルフたちがなだれ込んでいた。

侍女の家族や恋人たちが、家族の無事を祝った。

またディケスの部下たちは、アスピの安否を確認して喜んでいる。

「アスピ……！」

「お父様！」

森長とその娘の再会。

それは今回の悲劇において、救いとなる一瞬だった。

親子は非力ながらも全力で抱き合い、無事を喜び合う。

だがしかし、それだけでは終われなかった。

「お父様……イータカリーナが！　あのリザードマンに……私の身代わりになって！」

「そうか、イータカリーナが……」

仕方がないとはいえ、残酷な結果だった。

既に待機していたエルフの医者がイータカリーナを診ているが、彼らは処置もできずに絶望的な顔をしている。

まだわずかに息があるが、もうすぐ死んでしまうだろう。

森長であるディケスにもできることはなく、ただ感謝をすることしかできなかった。

「イータカリーナ……すまない、君は最善を尽くしてくれた。君が苦悶《くもん》の末に死ぬことは、私の責任だ」

「あ、ああ！　そ、そんな！」

「本当に、本当に……自分が情けない！　私がもっとしっかりしていれば、君がこんなことになるはずはなかった！」

彼は娘から離れると、イータカリーナの前で膝をつき、懺悔《ざんげ》をした。

一体彼女に何の落ち度があって、こんなことになったのか。

なにもかも、自分が悪い。自分に危機感がなかったせいで、どれだけの住民が犠牲になったことか。

何もかも終わった後だからこそ、彼は自責の念にとらわれていた。

「失礼……遅くなりました」

森長の館、その中央部。

アスピたちが数日間監禁されていた部屋に、ガイカクが現れた。

走って来たらしく、少々息を切らしている。

「ディケス様のご息女、アスピ様ですね？　私はガイカク・ヒクメ、奇術騎士団《きじゅつきしだん》の団長です。今回は騎士総長《きしそうちょう》様からの命令によってこの地に派遣されてきました。今回の作戦の立案者であり……責任者の一人です」

「騎士団様!?　お願いです、イータカリーナを、私の身代わりになった彼女を助けてください！」

侍女の服を着たままの彼女は、涙や鼻水を流しながら訴える。

だがその悲痛な叫びは、受け入れられることはないと悟っていた。

「お願いします！」

「承知しました、最善を尽くします」

だがだからこそ、彼の言葉が信じられなかった。

他でもないエルフたちが、エルフの医者が、もう無理だと諦めている。

にもかかわらず、騎士団長であるはずの彼が、どうして力強く言えるのか。

「僭越《せんえつ》ながら……医療従事者としての順法精神と使命感に満ちた、正規のお医者様では手の打ちようがない様子。それは仕方ありませんが、このガイカク・ヒクメ……違法医療には精通しております。今すぐ処置を始めれば……外科手術を行えば、あるいは可能性も……」

「な⁉　まさか、臓器移植をするつもりですか⁉」

ガイカクの説明を聞いて、エルフの医者が驚いていた。

「医学史においても、エルフへの外科手術は成功例が極めて少なく……それゆえに正式な医療として認可が下りなかったのですよ⁉」

「その通りです。しかし、他に手はないかと」

ガイカクがフードを脱ぎ捨てて、臨戦態勢へと移行する。

それに遅れる形で、砲兵隊《エルフ》が列をなして部屋へ入ってくる。

「先生！　エルフ用の培養臓器、お持ちしました！」

「万能血液も準備万端です！」

「保護魔法陣、消毒液、麻酔、お持ちしました！」

「各計器、手術工具、手術着もお持ちしました！」

彼女たちが持ってきた物を見て、エルフの医者たちは瞠目《どうもく》する。

「……な、なぜエルフ用の培養臓器の準備があるのですか？　培養臓器の製造も違法のはず……」

「ごらんのとおり、エルフの部下がおりますので、備えとして用意しておきました。まさかこんな時に使うとは思いませんでしたが……」

驚いている正規の医者へ、ガイカクはあくまでも敬意をもって接していた。

「正規の従事者様にとって、歯がゆい状況でしょう。心中はお察ししますが、どうかここは私にお任せください」

「ですが……」

「今回の作戦を立案したのは、私です。責任者の一人でもあります」

ガイカクは自分の胸に手を当てていた。

「どうか、私に責任を取らせてください。私が危険にさらした彼女を、私に救わせてください」

「……お、お願いいたします！」

専門知識があるもの同士の会話に、誰も口を挟めない。

だがエルフの医者がガイカクに託したところで、ディケスは娘の肩に手を置いた。

彼女を部屋から連れ出そうとしつつ、ガイカクへ依頼していた。

「ヒクメ卿……どうか、私の部下をお願いします！」

「イータカリーナを、どうか助けて！」

この森の住人たちはほとんどが下がり、残っているのは砲兵隊《エルフ》と、ガイカクだけだった。

「ふう……エルフの緊急手術なんて久しぶりだな……」

「先生……成功できるんですか？」

「エルフの生命力は弱くて、ちょっとした手術でも弱ってしまうと……」

「成功の保証はない、だがな……」

ガイカクは地面に倒れたままの、息も弱りつつある女性を見ていた。

自分の立てた作戦を受け入れて、自ら犠牲になった勇敢なエルフ。

見捨てることなど、できるわけもない。

「全力を尽くす！　手を貸せ、お前ら！」

「はい！」

14

救出されたアスピが目を覚ましたのは、事件が解決して二日後のことだった。

気を失うまでの記憶をしっかり持っていた彼女は、目を覚ますなりイータカリーナを案じた。

自分が助かったこと以上に、彼女が助かったかのほうが大事だったのだろう。

彼女は周囲になだめられるのも聞かず、イータカリーナの寝ているという部屋を目指した。

同じ病院ということもあって、すぐにそこへたどり着く。

ふらつく彼女は、それでも扉を開けて……。

「イータカリーナ……！」

魔法陣の描かれたシーツの上に寝る、体に管をつながれた彼女を見つけた。

まだ意識はないらしく、静かに目を閉じている。

しかし胸元を見ればわずかに上下しており、呼吸をしていることは明らかだった。

「ああ……」

「おや、アスピ様。お目覚めでしたか」

それを確かめて、腰を抜かすアスピ。

その彼女へ、同じ部屋にいたガイカクは声をかけた。

「そのご様子だと、お食事がまだですね。これは良くない、また倒れてしまいますよ」

「貴方《あなた》は……たしか、奇術騎士団の……」

「ええ、ガイカク・ヒクメにございます。この度はこの勇気ある女性の治療を務めさせていただきました」

「貴方が……し、失礼をしました」

「ちょうどよかった、ご一緒に手術について説明をお聞きになりますか？」

ここでアスピは、部屋の中に自分の父と、この病院の主だった医者がそろっていることに気付いた。

自分が大勢の前で無様を晒《さら》したことに、改めて赤面する。

「ぜ、ぜひ……ご、ごほん！　お願いしますわ、ガイカク・ヒクメ卿《きょう》。このままでは、食事も喉を通りません」

「……娘も交えてくれ、私からも頼む」

「では……」

慌てて立ち上がり淑女として振る舞う娘を見て、涙交じりに苦笑しながら、ディケスは説明を促した。

「今回彼女は、リザードマンから腹部へ打撃を受けました。これによっていくつもの内臓を破損し、さらに骨格も粉砕……はっきり申し上げて、放置していれば死んでいました。越権を承知のうえで私が施術し、なんとか命をつないでおります。今は安定しておりますが、まだ容体が急変する可能性もあり……しばらくは私が診ようかと」

「そうですか……今は安定しているのですね？　ヒクメ卿が診てくださるのですね？　それなら安心できます……」

「ああ、本当に助かった。感謝する」

権力者二人が安心している一方で、医師たちはそわそわしていた。

具体的にどうやって治したのか、専門家としては気になるのだろう。

それを感じ取ったのか、ガイカクはそれについての説明を始める。

「損傷した臓器や骨格につきましては破片を取り除いたうえで切除、培養していた骨格と交換をいたしました」

「か、簡単におっしゃるが……拒絶反応はどうなったのですか？　免疫機能が働いているはず……それを抑える薬は効果が強く、エルフの体には毒になるはず！」

「せ、背骨も折れていたはずですが……？　一体どうやって、交換を？」

前のめりに聞いてくる彼らへ、ガイカクはできるだけ丁寧に説明を始めた。

「医療用魔法陣、というものをご存じでしょう。それを培養していた臓器や骨格へ施したうえで、移植しました」

「……な、なるほど！　あらかじめ魔法陣を描いておいたなら、患者への負担も軽く済みますな！」

「臓器へ直接魔法陣を描くなど……培養臓器ならでは、ということですか！」

「それでも難しいはず……どのような手法で……」

専門家たちはわかっているようだが、専門用語が出てきたので親子にはさっぱりである。

ガイカクは二人にもわかるように話し始めた。

「医療用魔法陣とは、人体へ直接刻む魔法陣です。体へ魔法陣を刻む技術、と言っていいかもしれません。通常の魔法陣は幾何学的ですが、これは少々絵画的でして……彼女の寝ているシーツの上に刻まれているものと同じですね」

改めてイータカリーナの寝ているシーツを見れば、何かのシンボルマークのような『絵』が、魔法陣として描かれている。

イータカリーナ自身の魔力を吸って、穏やかに機能を発揮していると、エルフたちにはわかった。

「魔力を生体へ作用するようにできる、魔導の一種です」

「そのようなものがあるのですか？　聞いたことがありません……」

「当然でしょう、これも違法技術。いろいろな事情によって、封印されてしまったのです」

「い、違法ですか⁉」

「ええ……悪用され過ぎたというのもあるのですが……正しく使ってなお、デメリットがあるのです」

魔術とは、詠唱によって魔法陣を描き、それによって発動するもの。

魔導とは、あらかじめ魔法陣を描いておいて、それに魔力を通して発動するもの。

つまり魔法陣とはプログラムのようなもの、電子回路のようなものである。

それを体に直接刻むということは、本人が意図しないままに、常に魔術を使用しているようなものだ。

「体に魔法陣を刻まれた状態で激しく運動をしたり、あるいは魔術を使用したりした場合、死にます」

「……」

ガイカクはものすごく端的に『死にます』と言った。

とてもわかりやすいが、今までの説明が何だったのか、と思うほど雑だった。

「アスピ様……ヒクメ卿のおっしゃる通りでございます。体に魔法陣を刻まれた状態で魔力を使おうとすると、その魔法陣にも過剰に魔力が回ってしまい……人体へ意図せぬ魔力が巡ってしまうのです」

エルフの医者たちは、補足説明を始めた。

「それがどれだけ致命的か、想像に難《かた》くないでしょう」

「とはいえ、それでも素晴らしい技術には違いありません。当初は有望視されていたのですが、その……説明を聞いた患者が、それを守らずに運動や魔術を使おうとして、死んでしまう例が多発して……」

「最終的に、封印されたのです」

すべての患者が、医者の言うことを聞くわけではない。

なんなら、大抵の患者は医者の言うことを聞かない。

またそもそも、一生魔術が使えない、というデメリットが強すぎたのかもしれない。

欠陥があるとして、封印されてしまったとしても不思議ではない。

「ヒクメ卿……貴方であっても、その欠点は解決できませんでしたか」

「ええ、さすがにこればかりは」

医者たちはやや残念そうにしている。

いや、実際エルフにとっては大変だろう。

魔術が使えないエルフというのは、日常生活に支障をきたすだろう。

「そうか……だが、生きているだけでもありがたい。イータカリーナには、私から十分に説明し、その生活の保障をしよう！」

「わ、私も……彼女が生きているだけで……！」

「まだ説明は終わっていませんよ」

二人をなだめつつ、ガイカクは話を続けた。

「魔法陣が体に刻まれたままでは、魔術を使えません。ですが私は研究によって、年数が経《た》つと自動的に消える魔法陣を開発しました」

「で、では、彼女の体に刻まれたそれは、時が経つと消えると？」

「いえ、消えません。彼女に刻まれているものは、また別なので」

早とちりしかける医師たちを、ガイカクは制する。

「ある程度容体が安定し、彼女に移植した臓器や骨格、皮膚がなじんだ後で、再度手術を行います。その時に今申し上げた魔法陣を刻みますので……そこからまたゆっくり時間をかけてなじませていきます」

「ぐ、具体的には？」

「およそ一年半、ですね。それぐらいで、魔術がまた使えるようになります」

また手術が必要、一年半は使えない、というのは確かに厳しい現実だ。

だが一生魔術が使えない、激しい運動もできない、という状態よりは大幅に改善していた。

それを聞いて医師たちは瞠目《どうもく》し、親子は大いに歓喜していた。

「それから……お、来たか。入っていいぞ」

「え、いいんですか、先生」

「当たり前だ、治療より優先することはない」

そこまで話したところで、部屋の外に砲兵隊《エルフ》がやってきた。

彼女たちは医療器具を持ってきており、部屋に運び入れようとしていたのである。

だが部屋の中で偉いヒトたちが集まっていたので、どうしていいのか迷っていた様子だった。

「大変申し訳ないのですが、これから検査の時間なのです。イータカリーナ様に刻まれた魔法陣が正常に機能しているのか、彼女の容体が安定しているのか、確認の必要がありま

いけな

して……心苦しいのですが、皆様にはご退席を願いたいのです」

「わ、わかりました！　アスピも食事がまだなのだろう、ヒクメ卿の邪魔をしてはいけないから出ようではないか」

「はい……お父様。それではヒクメ卿、イータカリーナをお願いします」

二人の親子は、頭を下げると病室から出ていった。

イータカリーナが復帰できると知って、本当に安心した様子である。

「医師の先生方にとっては不愉快でしょうが、ここは私と助手に……」

「いえ……不愉快だの心苦しいだの……そんなことをおっしゃらないでください」

病院に勤めるエルフの医者たちは、それこそ申し訳なさそうにしていた。

「我らの力不足故に、貴方様の手を煩わせてしまった……」

「医療従事者として、心苦しいばかりです……！」

「何をおっしゃる、気になさることはありません」

その医師たちへ、ガイカクはあくまでも敬意を払っていた。

「医療は常に、倫理観との戦いです。それを無視すれば、なんの癒《いや》しだかわからなくなります。私のような無法者が、倫理を無視して違法な行為をしているだけのこと。それに引け目など感じないでください」

その敬意が伝わったのか、エルフの医者たちは頭を下げて、照れながらも出ていく。

それと入れ替わる形で入ってきた砲兵隊《エルフ》の面々は……なんとも、複雑そうであった。

「どうしたお前たち、ずいぶん不機嫌そうだな」

「いえ、エルフサマは、ずいぶん家族愛があるようだなって」

彼女たちは森の外に留《とど》めてあるナイン・ライヴスから、薬品などを持ってきている。

その往復の関係上、森の中で起きていることを観察できたのだ。

悲劇が終わった後の森の中は、同胞の死を悼《いた》む声や、同胞の無事を喜ぶ声であふれている。

家族に売られた彼女たちからすれば、その同胞愛は白々しいものであった。

「なんだ、ない方がよかったか?」

「そうは言いませんけど……」

「目標をまちがえるなよ、お前ら。この森にいるエルフの全員が、お前たちを迫害していたわけじゃあるまい。もちろん、この勇気ある女性もな」

部下をからかいつつも、しかし諌《いさ》めることも怠らない。

彼はあくまでも、自分がまきこんだ女性を助けようとしている。

「陥《おとし》れるのは、彼女を助けた後だ」

そう、あくまでも、イータカリーナだけを助けようとしている。

「俺を信じろ」

この時のガイカクは、フードを着ていなかった。

だからこそ、彼の顔は砲兵隊《エルフ》に見えていた。

その顔は『絶対に関わってはいけない』という恐怖と、『絶対に大丈夫だな』という信頼が同時に湧くものだった。

「お前たちが呪うべきやつら全員に、お前たちが味わった辛酸を五割増しで味わわせてやる」

15

ガイカクがこのディケスの森に訪れてから一週間後のこと。

意識を失っていたイータカリーナは、正午ごろに目を覚ましていた。

ちょうど、ガイカクと砲兵隊《エルフ》、そしてアスピがそろっていた時である。

病院の個室にいることに気付いた彼女は、体を起こそうとして、まったく動かせなかった。

「あ、イータカリーナ！　目が覚めたのね？」

「お嬢様……わ、私は……あの、リザードマンどもに……」

「体は大丈夫？　痛くない？」

「いえ……痛みは……ただ、力が入らず、だるく……」

「騎士団長殿！　イータカリーナは、大丈夫ですか？」

感動の再会、なんてものではない。

九死に一生を得たかどうかなのだから、アスピは必死だった。

「それでは簡単に検査をさせていただきます。失礼ですがアスピ様はお下がりください」

「はい！　イータカリーナをお願いします！」

「……騎士団長？」

混乱するイータカリーナは、ガイカクを見て驚いていた。

彼が騎士団長と呼ばれていることにも驚くが、人間がさも医者のように振る舞っていること、頼られていることに驚いたのだ。

「……あ、ああ。エルフの女性に対して、失礼でしたな。砲兵隊、血圧と脈拍。あと体に魔法陣の表面化が起きていないかの確認」

「はい、先生‼」

「……先生？　砲兵隊？」

さらに混乱を増していく、イータカリーナ。

医療従事者らしい清潔な服を着ている一方で、何ゆえか砲兵隊と呼ばれる同族の娘たち。その彼女が騎士団長を先生と呼んだりしているので、なお混乱が著しかった。

そうしていると、砲兵隊《エルフ》たちがベッドの上についているカーテンで、簡易に仕切りを作った。これによってベッドの上で何があっても、外からは見えなくなっている。

もちろん、人間の異性であるガイカクにも、である。

「混乱なさっているようですので、説明をさせていただきます。私はガイカク・ヒクメ、奇術騎士団《きじゅつきしだん》の団長です。貴方《あなた》を検査しているのは、私の部下である奇術騎士団砲兵隊の隊員です。今回リザードマンが人質をとって立てこもったため、ディケス様からの要請を受け、この森に参上しました」

ガイカクはカーテン越しに、説明を始めた。

「貴方に伝えた『マスト・ウォー』の曲による指示も、私のもの……大変な負担を強いてしまい、申し訳ありませんでした」

「そ、それはわかりましたが……なぜ砲兵隊の方が、私の検査を？　ここは病院では……」

「大変申し上げにくいのですが、貴方がリザードマンから受けた傷はとても深く、この森の医療従事者様があきらめざるを得ないほどでした。緊急事態であると判断し、越権を承知のうえで私が処置を行いました。部下である砲兵隊《エルフ》には医療の心得がありますので、彼女たちが」

さらりと言っているが、騎士団の団長が専門家以上の医療技術を持っている、というのは信じがたい。

「お嬢様、本当ですか？」

「ええ……他のお医者様も驚いておられました。貴方はもう助からないって……無理だって……ううう」

「そ、そうですか……」

カーテン越しに話をしている間にも、砲兵隊《エルフ》はイータカリーナの体を確認していく。

血圧や脈拍を触診しつつ、彼女の肌に異常が無いのか、裸にしながら確かめていた。

「先生、正常です！」

「体は弱っていますけど、異常なサインはありません！」

「よし、戻れ」

彼女が服を着直されるとカーテンが再び開く、そこには頭を下げているガイカクがいた。

イータカリーナは情報量の多さに混乱しつつ、しかし彼のシンプルな誠意を感じ取った。

「今回の作戦で、お二人を危険にさらしたことを……立案者として、深くお詫《わ》びします」

「そんな、頭をお上げになってください、ヒクメ卿《きょう》！」

「そうです……何も謝ることなどございません！　貴方様のおかげで、お嬢様はご無事だったのですから！」

ガイカクの策によって、アスピは助かったのだ。

アレがなければ、絶対に助からなかっただろう。

それで謝られると、逆に申し訳ない。

「私は最善を尽くしましたが、それでもこれがやっと。それはつまり、私が力不足だったということ。今回の件については、ティストリア様へ何も隠さず、抗議をなさっても結構です」

「よ、良いのですか？」

「かまいません……結果論は嫌いますが、結果は結果ですから」

ガイカクとしては『備えをしたうえで被害が出た』という状況よりも、『備えはしていなかったが被害は出なかった』というのを嫌がる。

だがそれはガイカクの主観であって、客観はまた違う。

幸運だろうが何だろうが、成功すればいい。失敗すれば、それは許されないことだ。

少なくとも、援軍を求めた側はそう思うだろう。

「私の任務は、アスピ様の救助。それ自体は成功しましたので、咎《とが》められるとしても口頭での注意ぐらいでしょう。なのでイータカリーナ様に負担を強いたこと、危機的な状況に陥らせたことも報告なさってください」

「そう、ですか……」

「負担など……」

「……私は」

ガイカクはあくまでもへりくだることを止《や》めなかった。

「私は私なりに、責任を取りたかったのです。つまりは保身……罪滅ぼし。あとのことはこの病院の方にお任せしますので、私はこれで失礼を……本当に、失礼しました」

そういって、砲兵隊《エルフ》たちを率いて部屋を出ていく。

その背中に対して、二人はやはり頭を下げていた。

そして、二人で笑い合う。

「お嬢様、この度は無事でようございました」

何の罪もない、被害者の二人。

彼女たちの関係はあまりにも美しい。

「……イータカリーナ、本当にありがとう。貴方と私は血はつながっていないけど、大切な家族よ。お父様もそうおっしゃるに違いないわ」

16

イータカリーナが意識を取り戻し、復調したことで、ガイカクと砲兵隊《エルフ》は病院を出た。

湿度の高い森の中を、一行は歩いていく。

いくらここがエルフの森だとしても、二十人もの同じ服を着た女性たちが、人間の男のあとに続けば、それはもう目立っていた。

「ねえ、アレは奇術騎士団じゃないか？」

「ああ、今回の救出劇の立役者だ……」

「他にも多くの任務をこなしている、新進気鋭の騎士団だって」

道行く人々は、ガイカクたちに尊敬のまなざしを向けていた。

それは他の騎士団たちにも向けられるのと同じ、精鋭への尊敬であった。

「森の外には、あんな化け物がわんさかいるんだって……」

「そんな凄《すご》い世界で、あの人たちは戦ってるんだ……すごい！」

「いやあ、そんな騎士団に、同じエルフが所属しているってのは凄いなあ！」

「ああ、エルフの誇りだ！」

ガイカクに対してだけではなく、砲兵隊にも羨望《せんぼう》の目が向けられている。

それを受ける彼女たちの顔は、なんとも複雑だった。

「あの、先生……私たちの情緒が、ぐちゃぐちゃになってきているんですけど……」

「マウントを取りたいような、今更すり寄ってくるなって言いたいような……」

「気分がいいのか悪いのかもわからないです……」

「どっちでもいいから、黙ってろ。あと少しだしな」

この森の出身者も、そうでない者も、同族から『同族の誇り』扱いをされて、素直に喜べなかった。

「何度も言うが、あと少しだ。それで終わるから、それまでは黙れ……ん？」

堂々と歩くガイカク一行。

その前に、一人の若者が現れて……。

「失礼します！　奇術騎士団のガイカク・ヒクメ卿ですね？」

「げっ！」

その若者の顔を見たソシエが、露骨に嫌そうな顔をした。

「どうした」

「兄です。リザードマンどもも、こいつだけでも殺しておけば……使えない奴《やつ》らだなあ、まったく」

「そうか、でも大声出すなよ」

今にも怒鳴り出しそうな、憎悪《ぞうお》をむき出しのソシエ。

彼女の高ぶりに、他の砲兵隊も興奮していく。

それを抑えつつ、ガイカクは若者の相手をした。

「如何《いか》にも、私がガイカク・ヒクメです。どのようなご用件でしょうか？」

「はいっ！　ぜひ私も、奇術騎士団に入団させていただきたく！」

（はあ？　先生、不敬罪でぶっ殺しましょう）

（騎士団は不敬罪の対象じゃねえよ、黙ってろ）

よほどイヤな関係だったのだろう。ソシエはなんとか口実をつけて、彼を殺そうと画策し始めている。

ガイカクはそれに乗ることなく、あくまでも大人の対応をした。

「入団希望ですか、それはとてもありがたい。ですが現在我が騎士団は、入団者の募集をしていないのです。実力に自信があるのなら、他の騎士団へ入団なさるべきかと」

「いえ、私は貴方の元で学びたいのです！」

若者は、目をキラキラさせていた。

「エルフへの外科手術もそうですが、自走する車にも驚きました！　貴方は表に出ない魔導技術を豊富にお持ちのご様子……それを学ばせていただきたい」

「ふむ……騎士団への志望動機としては、少々不純かとおもいますが」

「そうかもしれません、ですが真剣なんです！」

（もうぶっ殺しましょう）

（黙れ）

エルフの若者は、ソシエたちの怒りに気付くこともなかった。

ガイカクだけを見て、その心中を明かしている。

「私は貧しい家の出でしたが、なんとか授業料を捻出し、学校に通わせてもらっていました」

（へ～、私を売ったことを美談みたいに言うんだ～～！　ぶっ殺す）

「魔力に優れていたこともあり、よい職場にも就けましたが……貴方の元で更なる学びを得られるのなら、それを捨てることも惜しくありません！」

（へ～～！　へ～～！　私を売った金で手に入れたものを、簡単に捨てちゃうんだ～～！惜しくないんだ～～！　へ～～！）

美醜を同時に突き付けてくる、この兄妹《きょうだい》。

ガイカクはうんざりしつつ、それを隠しとおした。

「申し上げにくいのですが、私の騎士団はすでに席が埋まっているのです。エルフにつきましても、このように……」

そういって、ガイカクは砲兵隊《エルフ》を紹介する。

「彼女たちは騎士団設立以前から私を支えてくれた、優秀なスタッフです。彼女たちなくして、私の魔導はあり得ません。また戦闘要員も兼ねており、砲兵として働いてくれております」

これについては、口調こそ違うものの、普段から言っていることである。

実際どれだけ優秀な医者でも、使う薬に異物が混入していればどうしようもない。

製薬などの地道な仕事を真面目にやってくれるエルフがいるからこそ、ガイカクは騎士団の長《おさ》を務められている。

「なので私に不満はなく、これ以上増員する予定が無いのです」

「そこを何とか！」

ここで、若者は失言をした。ガイカクが求めていた、待望の言葉だった。

周囲には、目撃者もいる。自分たちも彼のように志願しようか、と迷っている者たちがいる。

そんな、言い訳のできない状況で……。

「私はこの森の大学を卒業しており、エリートと呼べないまでも、並以上の魔力を持っております！」

彼は、言ってはいけないことを言った。

「きっと‼　貴方《あなた》の部下よりも‼　役に立ってみせます‼」

ガイカクはその言葉を待っていたが、怒らないわけでもなかった。

「そうですか……お名前を、聞かせていただきたい」

「はい！　トゥレイスと申します！」

「わかりました、覚えておきましょう」

ガイカクは、怒りを秘めて笑っていた。

実に頼もしい、笑いであった。

17

トゥレイスから話をされた後で、ガイカクはそのまま森長の館を訪れていた。

リザードマンに占拠されていたこの館だが、既に復旧も終わっている。

そこには当然ディケスがいて、ガイカクたちを温かく迎えていた。

「ヒクメ卿《きょう》！　病院から連絡がありました、イータカリーナが復調したそうですね？」

「ええ、意識もはっきりしておられます。もう私が出る幕でもありませんので、引き継ぎも済ませてきました。当面は体力を回復していただき……時を置いて私が再手術をする、ということになるでしょう。もちろん、希望されればの話ですが」

「そうですな……彼女もエルフの女、異種族の異性へ容易に肌を晒《さら》したがらないかもしれません。どちらを選ぶとしても、それを尊重しましょう」

玄関をノックしたガイカクに対して、ディケスは興奮気味に応答をしていた。

だがいつまでも入り口で立ち話、というのもよくない。

ディケスは大歓迎という仕草で、自分の家へ入るように促していた。

「とはいえ、彼女の意識が戻ったことは吉報です。どうぞ、中で詳しいお話を」

「いえ、結構です」

ガイカクは、ここで露骨に拒否を示した。

「は？」

「私の任務は、アスピ様の救助。その任務にご協力くださったイータカリーナ様を助けるため、少々滞在させていただきましたが、これ以上は蛇足でしょう。騎士団の本部へ帰らせていただきます」

何もおかしなことは言っていない。むしろ当然のことを言っているだけだ。

だがしかし、言い方や口調に少々の拒絶が見て取れる。

「そ、そうですか……ですが、せめて一晩、帰ることを延ばしていただけませんか？　今から出れば、野営をすることに……」

「もうすでに、部下へ撤収の指示を出しております。私の持ち込んだ兵器の残骸の回収も済ませておりますので、なんの憂いもないかと」

「そ、それでは私どもの気が済みません！　今まではイータカリーナの意識が戻らなかったので、感謝の席も設けられませんでしたが、今晩ならば……」

「元々、私どもに今回の任は重かったのです。それでも回ってきたのは、他の騎士団が任務にあたっているからこそ。この多忙な時期に長く本部を空けていれば、他の任務に支障をきたす可能性もあります。どうか、ご理解を」

ガイカクは、あくまでも事務的だった。

そしてその表情も、冷淡なものだった。

そこから察するものは、大いにある。

「わ、私どもが、なにか失礼なことをしたのでしょうか⁉」

聞くべきだった、あるいは聞くべきではなかった。

ディケスはガイカクに対して、拒絶の真意を問おうとしたのだ。

「失礼なことなど、何もありません。ただ、私どもは最初から、この森に来ることへ抵抗があったのです」

「それは、なぜ？」

ここで、ガイカクはためを作る。

いきなり話を切り替えた。

「……リザードマンどもは、侍女の服へ着替えたアスピ様に気付きませんでしたな」

「は、はあ」

「焦《あせ》っていたこともそうですが、他種族……あまり接点がなければ、そうなっても不思議ではないのでしょう」

「そう、でしょうな。興味がなければ、そんなものかと」

「ええ……興味が無ければ、同じ種族でも起きることです。違う服を着ているだけで、当人だとわからないことがある。たとえ家族でもね」

「そ、そんなことはないでしょう！　少なくとも我らエルフは、そんなことなど起きません！」

なまじ、家族愛を確かめていたからであろう。

ディケスはなかなか強い言葉を使った。

「そうですか……」

「ひ、ヒクメ卿、本当に何があったのですか？」

「シンプルなものですよ、私の配下の中に、この森の出身者がいるのです」

「なんと‼」

先ほどまで疑問に思っていたことなど忘れて、ディケスは大いに喜んだ。

「そうでしたか……それは誇らしいことです！　奇術騎士団《きじゅつきしだん》にはエルフが二十人いると聞きましたが、そうでしたか……同族が活躍しているだけでも誇らしいですが、私の治める森の者がいたとは……！」

しかし、ここで彼は疑問を持つ。

アヴィオールもそうだったが、騎士団に入団するというのは大騒ぎに値することだ。

彼が知らないのは、少々不自然である。

「申し訳ない、この森を治める者でありながら……全く知りませんでした。それならば、不愉快に思われても仕方ありませぬな」

「いいえ、貴方がそれを知らないことの方が、よほど仕方ないのですよ」

　ガイカクは、ここで事実を明かす。

「彼女たちは家族によって、奴隷商へ売られたのですから」

「……は？」

「エルフに生まれながら、魔力に乏しかった。それゆえに家族から冷遇され、あげく奴隷に売られた。そんな彼女たちは、故郷に対して複雑な思いを持っているのです」

　衝撃的な事実を知らされたディケスは、余りのことに理解が追いつかなかった。

　だがその思考停止から復帰することを、ガイカクは待とうとしない。

「それでも彼女たちは、任務へ私情を挟むことなく、全力を尽くしてくれました。それについては、貴方もよくご存じでしょう。ですが私は、これ以上彼女たちに無理をさせたくないのです」

　ガイカクはただ事実を並べていった。

「疑われるのなら、調べてみるとよろしい。この森を治める貴方なら、真偽を確かめることは容易なはず」

　だがその事実を並べるタイミングが、完ぺき過ぎた。

　あまりにも文句のつけどころがなく、あまりにも抵抗の余地がなかった。

「……は、はい、すぐに調べさせていただきます」

もうディケスの中には、奇術騎士団を引き留める言葉がない。

彼はもはや、応じるほかなかった。

「ああ、そうそう。一つだけ『失礼なこと』をされました」

だがそのうえで、ガイカクは追い打ちを怠らない。

「部下の一人の兄が、私どもの前に現れました。彼は妹がいることに気づきもせず、私へ向かってこう言いました。ぜひ入団させてほしい、私の部下になりたい……断るとさらにこう言いました」

ここでガイカクは、露骨に、不快そうな顔をした。

「私は貴方の部下よりも優秀だ、とね」

それは、素の怒りだった。

「今回の拙《つたな》い作戦は、私と貴方の責任の下で行われました。その結果、勇敢な女性が傷を負うことになりました。私自身も、貴方も、糾弾されて当然。ですが……私の部下も、貴方の部下も、命令に反することなく、全力で臨んでくれました。少なくとも今回の任務にあたって、彼ら彼女らに落ち度は一切ない」

丁寧だからこそ、事実だからこそ、伝わる真意がある。

「この森で、私の部下が侮辱されるなど、到底許容できない。大変不愉快だ、今すぐ帰らせていただく」

「も、もうしわけ……な……」

「謝罪は結構……それでは、今後このようなことが無いように、再発防止に努めていただけると幸いです」

言うべきことを言ったガイカクは、そのまま背を向けて館から去っていった。もちろん彼の部下も、それに続く。彼女たちの顔は、軽蔑と拒絶を表す無表情であった。

奇術騎士団は歓待の準備がされている館へ、一歩も足を踏み入れなかった。

無礼ではあり、失礼でもあった。

「エルフは家族愛に厚いようですが……血がつながっているだけでは、家族として認めないようで」

だが仕事はきっちりこなしていた。

ガイカクは困難な任務を達成した。それだけが、騎士団としての結果であった。

18

エルフの森で暮らす若者、トゥレイス。

彼は決して裕福とは言えない家に生まれたが、幸いにも魔力に恵まれていた。

両親は彼へ期待をかけており、できる限りの愛情と、可能な限りの教育を与えていた。

その結果彼は良い就職先に恵まれ、生まれからすれば破格の給料をもらうに至った。

彼はそれが両親のおかげだと思っており、得た給料のほとんどを家に入れていた。

だがそれでも、彼の弟や妹への進学費用には足りなかった。

彼らもまたトゥレイスと同じぐらい才能があり、応援してやりたいと思うほどのやる気もあった。

何かないかと思っていた時、リザードマンが襲来した。

そしてそれを、ガイカク・ヒクメ率いる奇術騎士団が成敗した。

それだけなら、大して何も思わないだろう。

だが彼の元には、エリートではないエルフが大勢いた。

これならば自分たちにもチャンスがある、と思っても不思議ではない。

トゥレイスもそう思った一人であり、ガイカクへ思い切ったアプローチもした。

そしてそれを、家族にも報告していた。

「ガイカク・ヒクメ卿に、名前を覚えてもらった！　これならば欠員が出た時に、声をかけてもらえるかもしれない！」

「そうかそうか……お前は優秀だからな、騎士団に入ればきっと活躍できるだろう」

「そうね、噂《うわさ》だと奇術騎士団に入れば、団長から指導をいただけるとか……エルフへの外科医療を授けてもらえれば、それだけでも大成できるわね」

両親は大いに喜んでいた。

優秀な長男が、さらに躍進することを期待しているのだろう。

「流石《さすが》兄さんだ！　俺も兄さんに負けないよう頑張るよ！」

「ええ、私も一生懸命勉強するわ！　そしてお母さんやお父さんに、いっぱい恩返しをするの！」

彼の弟妹もまた、そんな兄を尊敬していた。

彼に続こうと、大いに奮起している。

「母さん……ウチの子たちは本当に優秀だなぁ……私たちにはもったいないほどだ」

「ええ、本当に。ウチの子供たちは、みんな優秀だわ……！」

一番目の子供トゥレイスは言うに及ばず、三番目の次男も、四番目の次女も優れた才能を持っていた。

並の力しか持たない両親から、これだけできた子供が生まれるなんて奇跡のようである。

こんな夢いっぱいの日々が、今後も続きますように。家族の誰もが、そう祈らずにいられなかった。

19

一方そのころ、森長《もりおさ》の館では……。

面会時間を越えてしまったため、病院から返ってきたアスピ。

彼女はとても嬉《うれ》しそうに自宅に戻ったのだが、その中の空気は最悪だった。

祝いの席の準備がされていたのに、それの片づけまで始まっている。

彼女はあわてて、父の元へ向かった。

「お父様、一体何があったのですか？」

「アスピ……お前はヒクメ卿《きょう》から、何も聞いていないのか？」

「え、ええ……ヒクメ卿が何か？」

何も知らずに戸惑う様子のアスピ。

その様子をみて、ディケスは安堵《あんど》した。

（そうか、あの方は娘たちには何も言わずに済ませてくれたのだな……）

やはり任務やそれに関することへは、最善を尽くしてくれたらしい。

娘が傷ついていなくてよかったと、彼はささやかに感謝する。

「イータカリーナが意識を取り戻したと聞いてな、ヒクメ卿へささやかながらも感謝のパーティーを催そうかと思ったのだ。だがヒクメ卿は、総本部を長く空けすぎたとおっしゃって、お戻りになった」

「ええ⁉　そんな……」

「元々、騎士団全体が忙しかったのだ。むしろ今までよく滞在してくださった、と感謝するべきだろう」

実際のところ、イータカリーナを見捨てても、そこまで問題にはならなかった。

侍女が身を挺《てい》して主《あるじ》の娘を守ったのだから、ガイカクたちに責任が及ぶことはない。

それでも残って治してくれたのだから、相当に慈悲深いだろう。

「もちろんイータカリーナの再手術については、本人の希望次第で引き受けてくださるそうだ」

「そうですか……お礼を申し上げたかったのに……」

「そうだな、後で手紙でも送るとしよう」

なんとか優しい世界を維持しようとするが、それでもディケスの内心は煮えたぎっていた。

（まったく、なんということだ……！）

ディケスが確認したところ、本当に奴隷売買が行われていた。

それゆえに彼は、鬱屈した思いを抱かずにいられなかった。

(再発防止を願うとおっしゃっていたが、アレはつまりもう二度と俺たちに話しかけるな、という意味だ……これでは、我が森はただの恩知らずに……!)

今回の事件が絶望的だったからこそ、解決してもらった感謝の念は反動として大きい。

そしてそこから更に振り落とされたからこそ、彼の怒りは深かった。

(私にできることは、一つしかないな……)

この森における最高権力者である彼は、陰湿な私刑を科すと決めてしまった。

トゥレイスの家族を含めた、砲兵隊《エルフ》を売った者たち。

彼ら彼女らはこれから、真綿で首を締められるように、社会的な制裁を受けていくのだろう。

彼らは些細《ささい》な理由で仕事を失い、どうでもいい失敗で訴訟を起こされ、難癖によって店から取引を断られるのだ。

それを助ける者は、この世界に一人もいない。

20

さて……正午ごろにディケスの森を出た一行である。

彼らはほどなくして野営の準備をはじめ、夜になったときにはもう火を囲んでいた。

ぶっちゃけほとんど離れておらず、夜でも遠目にはディケスの森が見えるほどであった。

「あはははは‼　ははは‼　はははは‼」

二十人の砲兵隊《エルフ》は、腹を抱えて笑っていた。

それはもう、見ている面々がドン引きするほどである。

「い、いひひひひ、はははははは！　ぎゃあああああああははははは！」

全員が腹筋を引きつらせるほど、大いに大笑いをしていた。

「ざまあ……ざまあああああああ！」

「リザードマンに殺された方がマシ、レベルの人生おめでとう！」

「詰んだ！　やつら人生が終わった！」

「生きててよかった～ぁああああああああ‼‼」

身内とはいえ、下品、下劣の極みだった。

エルフのパブリックイメージを著しく損なう、他人の不幸を心底から喜ぶ、素直な笑顔。

人が落ちていく様を見て笑う姿は、なんて醜いんだろう。

そう思わずにいられない、最低最悪な、最高の笑顔だった。

「先生‼　私たち、先生についてきてよかったです‼」

「いやあ本当……スカッ……としました！」

「たまに休暇がもらいたいです！　どんな惨《みじ》めな生活をしているのか、見てみたい！」

「今度私の故郷に行ったときも、同じ感じでやりましょうよ‼」

「私も私も！　私の故郷でも、ぜひ！」

「泥をすすらせて、反吐《へど》だらけの道を歩かせて、最後には死を選ぶんだ……‼」

「私たちと同じようにひどい目にあうんだ……でも誰も助けてくれないんだ！　奴隷として、買われもしないんだ……‼」

明るく楽しい時間なのに、闇しかない。

彼女たちの人生が、まさに闇だらけだったことの証明である。

「まあ、そんなことにはならねえだろう」

一方でガイカクは、それなりに冷静だった。

「あのディケスって人は、それなりに優秀そうだ。おそらく他の森へも、確認をするように連絡をしているだろう。今回みたいなサプライズはないな」

「そうですかあ……まあでもそれはそれで、私たちへ頭を下げに来るか、媚《こ》びを売りに来るかぐらいは……あるっ‼」

もだえるエルフたち。

騎士団に属するとは、かくも快感なのか。

なるほど、誰もかれもがなりたがるわけである。

「ところで、あの……先生。今回私は、その、怪我《けが》しそうになりましたけど、その時は治療してくれましたか？」

あの時のロマンスを思い出しつつ、ソシエは赤面しながら訊《たず》ねる。

「当たり前だ」

それに対して、ガイカクはあくまでも真摯に答えていた。

「お前は俺の指示に従い、俺の想定通りに危険な目にあった。助けるのは、当たり前だ」

その真摯さに、エルフたちは胸を打たれていた。

「先生〜〜！　今回は本当にうれしかったですよ〜〜！」

「先生が望むなら、なんでもしちゃう気分です‼」

「全員同時でもいいですよ‼　すごくイヤですけど‼」

「別に俺は、性欲が強いわけじゃないし、多人数同時対戦が好きなわけでもないんだが……」

ガイカクにしなだれかかるエルフたち。それに対してガイカクは嫌そうである。

しかしそれでも、振り払おうとはしなかった。

「……なあ棟梁《とうりょう》。今回ナイン・ライヴスを一台壊したけどよ、その時もっといいのを作るって言ってたよな？」

エルフに囲まれているガイカクへ、ベリンダは質問をする。

「ああ、そういったな。もともと試作機だし、長く乗っていたら壊れただろうしな」

「じゃあさあ……次作る時は、最初にある程度完成図を教えといてくれよ」

甘えるように、ベリンダはお願いをしていた。

「自分が作っている部品がどんなものなのか、わかったうえで作業したいんだ。そっちの方が、やる気が出るからさ」

「……いいぞ。お前たちもよく頑張ってくれたからな」

かくて、ドワーフを加えた奇術騎士団《きじゅつきしだん》は、非常に困難で重要な任務を達成した。

これによって奇術騎士団の武名は、更に広がっていくことだろう。

彼ら自身が切り開いていく未来は、希望を持てるほどに光り輝いていた。

終章　忖度《そんたく》無き評価

1

ガイカク・ヒクメ率いる奇術騎士団が、ディケスの森で任務にあたっていたころ……。

騎士総長《きしそうちょう》ティストリアとその直属騎士たちは、ボレーア地方で起きていた合戦に参加していた。

ボレーア地方で戦っている味方軍は、当然ながら大いに劣勢だった。

敵の数が多く、敵の補給が潤沢で、敵の用兵が巧みだった。

味方は愚鈍ではなかったし、手抜きをしていたわけでもない。だが、敵には劣っていた。

このままでは、確実に負けると誰もがわかっていた。だからこそ、味方は早い段階で騎士団へ救援要請を出した。

そして、奇術騎士団以外の騎士団が出払っていたため、結果としてティストリアが参戦することになった。

そして、それがきっかけで『逆転』した。ティストリアが直属騎士を率いて参戦しただけで、劣勢だった戦況はひっくり返ったのだ。

「どうも皆さん、はじめまして。私は騎士総長、ティストリアです」

彼女はまず、味方の兵たちの前に姿を見せた。

この国の誰もが、『騎士総長ティストリア』という偶像《アイドル》を知っている。

その噂《うわさ》にたがわぬ姿を見せただけで、士気は大いに上がっていた。

反対に、敵の士気はガタ落ちとなった。

騎士の頂点に立つ女が、直属の騎士を率いて参戦している。それを知って、将兵共が怖《おじ》気《け》づいたのだ。

騎士の頂点が弱いわけがない、その側近が弱いわけがない。自分たちごときでは、打ち勝てるわけがない。

「それでは、我々が先陣を切ります。友軍の皆さん、我らに続いてください」

そして、その前情報に恥じぬ強さを、彼女たちは発揮した。

たった百人ほどの兵を率いて、敵陣に突っ込んでいく。

「弓兵隊！　ティストリアとその部下を狙え、他は全部無視しろ！」

敵の前線指揮官は、自分の恐怖をごまかすように叫んだ。部下である弓兵たちは、それに従って矢を放つ。

しかし……。

「私を含めた人間のトップエリートは、瞬発力と持久力が常人の二十倍を超えます。そんな矢は当たりません」

だがティストリアと直属の正騎士《せいきし》たちは、少し速く走るだけで回避する。

だがその『少し早く』は彼女たちの基準であり、常人からすれば急加速したようにしか見えなかった。

そして敵陣の正面に達し、最前線に立つ兵たちと対峙《たいじ》する。

「そ、その女を殺せ！　生涯遊んで暮らせる、褒賞《ほうしょう》金をやくそく……」

前線指揮官は、ティストリアを殺せと指示しようとした。しかしそれより早く、ティストリアによって切り殺される。

彼だけではない、その周囲にいた護衛ごと、彼女一人の剣によって……。

「もう一度言いましょう、私を含めた人間のトップエリートの瞬発力と持久力は、常人の二十倍を超えます。その気になれば、一瞬で二十人以上切り殺すことも可能です」

そして彼女の周囲を固める正騎士たちも、同等の働きをしていた。無防備な弓兵部隊に切り込み、そのほとんどを蹴散らしていく。

「ティストリア様に続け！　敵を壊滅させろ！」

そしてティストリアと正騎士に遅れる形で、従騎士《じゅうきし》隊も突入してくる。

もはや敵軍の陣形はガタガタとなり、まともに戦闘ができないまでになっていた。

「お、おおお！　騎士の女神だ……戦場の女神だ！　俺たちには、最高に美しく、最高に強い女神が付いているぞ！」

「勝った、俺たちの勝ちだ！」

味方軍はそれによって勢いを取り戻し、ガタガタになった敵軍に切り込んでいく。

「くそ、こいつら勢いを取り戻して……！　騎士団が来たからって、調子に乗ってやがる！」

「そんなことを言ってる場合か……退《ひ》け、退けぇ～～！」

そしてそのまま、敵を撤退に追い込んだのだった。

2

ボレーア地方での戦いは、かくて終決していた。

騎士総長たるティストリアとその直属騎士が参戦したことで、劣勢だった戦局は逆転勝利へと至ったのである。

味方の軍は彼女を讃《たた》え、崇《あが》め、感謝していた。

それはもちろん、味方側の将軍も同じである。戦場に置かれた彼女のテントを訪れ、猛烈に感謝を伝えていた。

「ティストリア閣下……この度は参戦して下さり、ありがとうございます。貴方《あなた》のおかげで、今回の戦いは勝利を得ることができました」

「騎士として当然のことをしたまでです。お気になさらず」

女神の如《ごと》き美貌を持つティストリアは、あくまでも淡々と受け答えをするだけだった。

だがそれでも、味方側の将軍は、娘どころか孫ほどに年の離れている彼女へ、あくまでも礼を惜しまない。

「いいえ、気にさせていただきます……もしも今後轡《くつわ》を並べて戦うことがあれば、その時はこの感謝を働きによって証明させていただきます!」

感激にむせび泣きながら、将軍は彼女のテントを去っていった。

彼女は彼が去ったことを確認すると、テントの内部に置かれている机に座った。

騎士総長である彼女は、書類仕事も多い。速やかに仕事を片付けるべく、羽根ペンを手に取っていた。

「失礼します、ティストリア様。お茶が入りました」

「ありがとうございます」

その彼女の元へ、直属の正騎士であるウェズン卿《きょう》が現れた。

トレイにお茶の入ったカップを載せて持ってきており、彼女の机にそれを置く。

それ自体は、とても普通のことであった。だがそのカップは、とんでもなく幼稚なデザインであった。おそらく、対象年齢は十歳以下であろう。

どう見ても成人女性にはふさわしくないし、特に騎士総長であるティストリアには似つかわしくない。

しかしそのカップは彼女の私物であり、彼女の『お気に入り』であった。

彼女はそれを手にすると、そのデザインを愛《め》でた後、嬉《うれ》しそうにお茶を飲んでいく。

「ティストリア様。奇術騎士団に任せていた、ディケスの森での立てこもり事件ですが……解決したとの報《しら》せが、森長《もりおさ》のディケス様より届いております。人質となっていたアスピ様も、無事保護されたとか」

その彼女へ、ウェズン卿は事件解決の報せを伝えていた。

その表情はただの事務的な報告ではない。

難事件を解決した奇術騎士団への敬意があり、感嘆しているふうであった。

「そうですか、さすがですね」

ティストリアが表に出した評価も、同じものであった。

「その任務は、私が出向いても解決できると言い切れないものでした。彼自身も相当に苦心したはずです、戻り次第労《ねぎら》うとしましょう」

「まこと、おっしゃる通りかと」

ウェズンは二心なく頷《うなず》く。

「騎士団長たるガイカク・ヒクメ卿だけではなく……その作戦に参加した部下全員へ、然《しか》るべき称賛を」

難しい任務をこなした、新進気鋭の奇術騎士団。

その評価は、堅実に高まりつつあるのだった。

あとがき

　この度は拙作、『英雄《えいゆう》女《おんな》騎《き》士《し》に有能《ゆうのう》とバレた俺《おれ》の美人《びじん》ハーレム騎士団《きしだん》ガイカク・ヒクメの奇術騎士団《きじゅつきしだん》』の二巻をご購入くださり、ありがとうございます。

　前巻のラストで騎士団として正式に認められたガイカクたちは、新しく仲間を迎えてスタートしました。それだけにとんでもない難題が奇術騎士団に立ちはだかります。中にはガイカクですら怖気《おじけ》づく、達成困難な任務まで……。

　という本巻ですが、お楽しみいただけたでしょうか？　とても面白かった、もっと読んでみたい、と思っていただければ幸いです。

　自分が本作を書こうと思ったきっかけは、『拠点経営系シミュレーションゲーム』を小説に落とし込んでみよう、というのが一つです。

　拠点経営、あるいは都市経営、コロニー運営系のゲームと言っても多種多様なものがあるのですが、基本的には『研究を行う』『拠点内に施設をつくる』『施設内で新しいものを生産する』『生産された物で報酬を得る』『更に研究を行う』というサイクルがあります。

本作ではこれを小説に落とし込んでおり、ガイカクは一種のプレイヤー目線で拠点経営を行っているわけです。

もちろん組織内での反発もありますが、それを凌駕《りょうが》するほど心証を良くする『なにか』を提供することで乗り越えていきます。

運営力、企画力、研究力などで組織をまとめ、実績を積み上げていく主人公。それにカタルシスを感じていただければ、と思っております。

もちろん、そんな主人公を主題にした物語の執筆は、作者としてはとても大変です。しかしとてもやりがいのある仕事です。

最後に……編集の林《はやし》様。イラストレーターの氷室《ひむろ》様。本当にありがとうございました。

一巻に続いて二巻にもご助力くださり、感謝します。

明石《あかし》　六郎《ろくろう》

お便りはこちらまで

〒一〇二-八一七七
ファンタジア文庫編集部気付
明石六郎（様）宛
氷室しゅんすけ（様）宛

富士見ファンタジア文庫

英雄《えいゆう》女《おんな》騎士《きし》に有能《ゆうのう》とバレた俺《おれ》の
美人《びじん》ハーレム騎士団《きしだん》2

ガイカク・ヒクメの奇術騎士団《きじゅつきしだん》

令和6年2月20日　初版発行

著者——明石六郎《あかしろくろう》

発行者——山下直久
発　行——株式会社KADOKAWA
〒102-8177
東京都千代田区富士見2-13-3
0570-002-301（ナビダイヤル）
印刷所——株式会社暁印刷
製本所——本間製本株式会社

ISBN978-4-04-075339-3 C0193 ◇◇◇

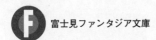

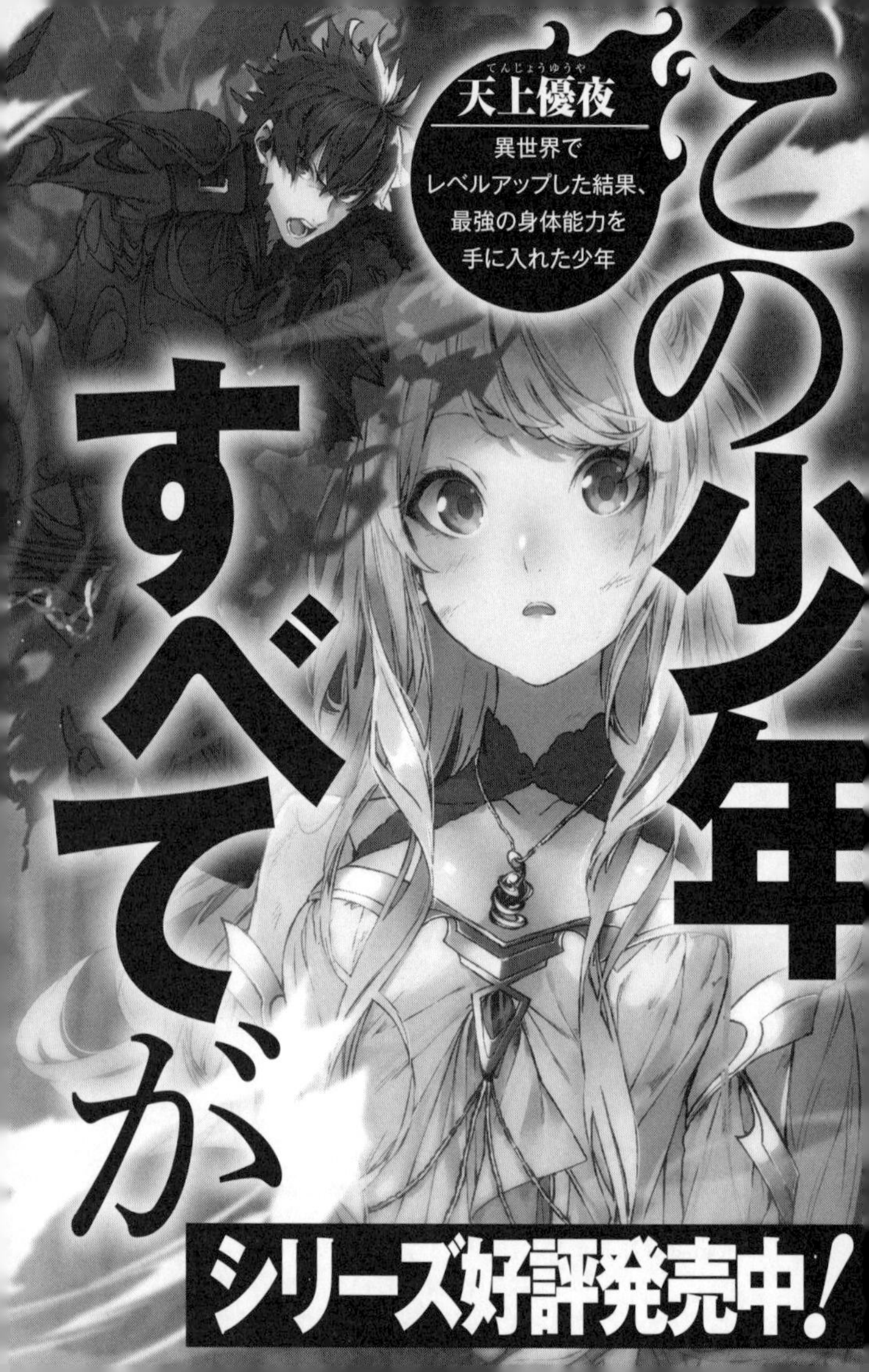
天上優夜《てんじょうゆうや》
異世界でレベルアップした結果、最強の身体能力を手に入れた少年
その少年
すべてが
シリーズ好評発売中！

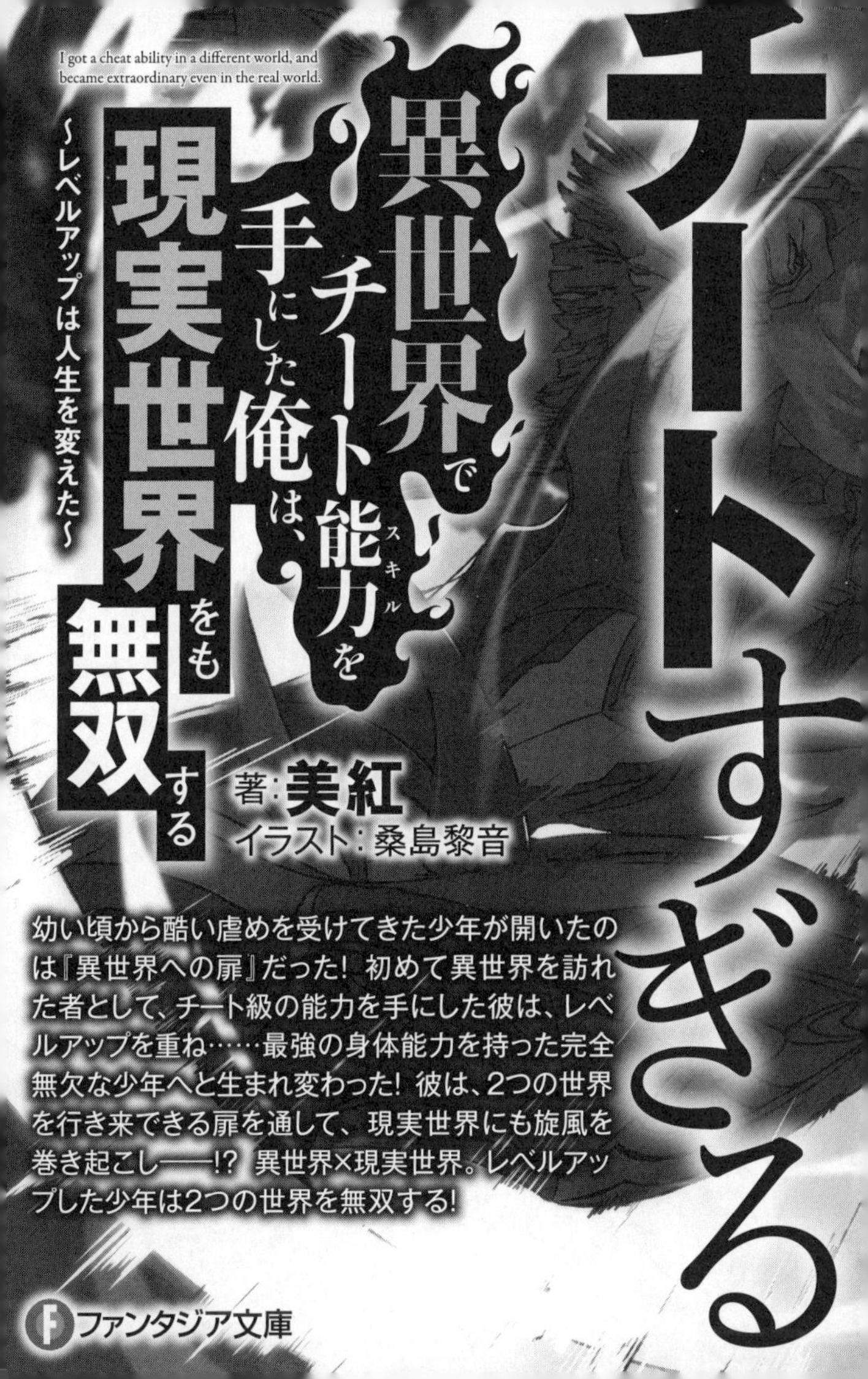

チートすぎる

I got a cheat ability in a different world, and became extraordinary even in the real world.

異世界でチート能力《スキル》を手にした俺は、現実世界をも無双する

～レベルアップは人生を変えた～

著：美紅
イラスト：桑島黎音

幼い頃から酷い虐めを受けてきた少年が開いたのは『異世界への扉』だった！ 初めて異世界を訪れた者として、チート級の能力を手にした彼は、レベルアップを重ね……最強の身体能力を持った完全無欠な少年へと生まれ変わった！ 彼は、2つの世界を行き来できる扉を通して、現実世界にも旋風を巻き起こし——!? 異世界×現実世界。レベルアップした少年は2つの世界を無双する！

ファンタジア文庫

ティナ
四大公爵家の
ひとつ、ハワード家に
生まれた公女殿下。
なぜか誰でも扱える
程度の魔法すら使う
ことができない。
変える
はじめましょう
アレン
公爵令嬢ティナの
家庭教師を務める
ことになった青年。魔法
の知識・制御にかけては
他の追随を許さない
圧倒的な実力の
持ち主。
発売中！

無自覚最強×ハーレム！
シリーズ
好評発売中！
妹が女騎士学園に
入学したら
なぜか
救国の英雄になりました。
僕
ぼくが。
After my sister enrolling in Girl Knights' School, I become a HERO.
author.
ラマンおいどん
ill. なたーしゃ
ファンタジア文庫

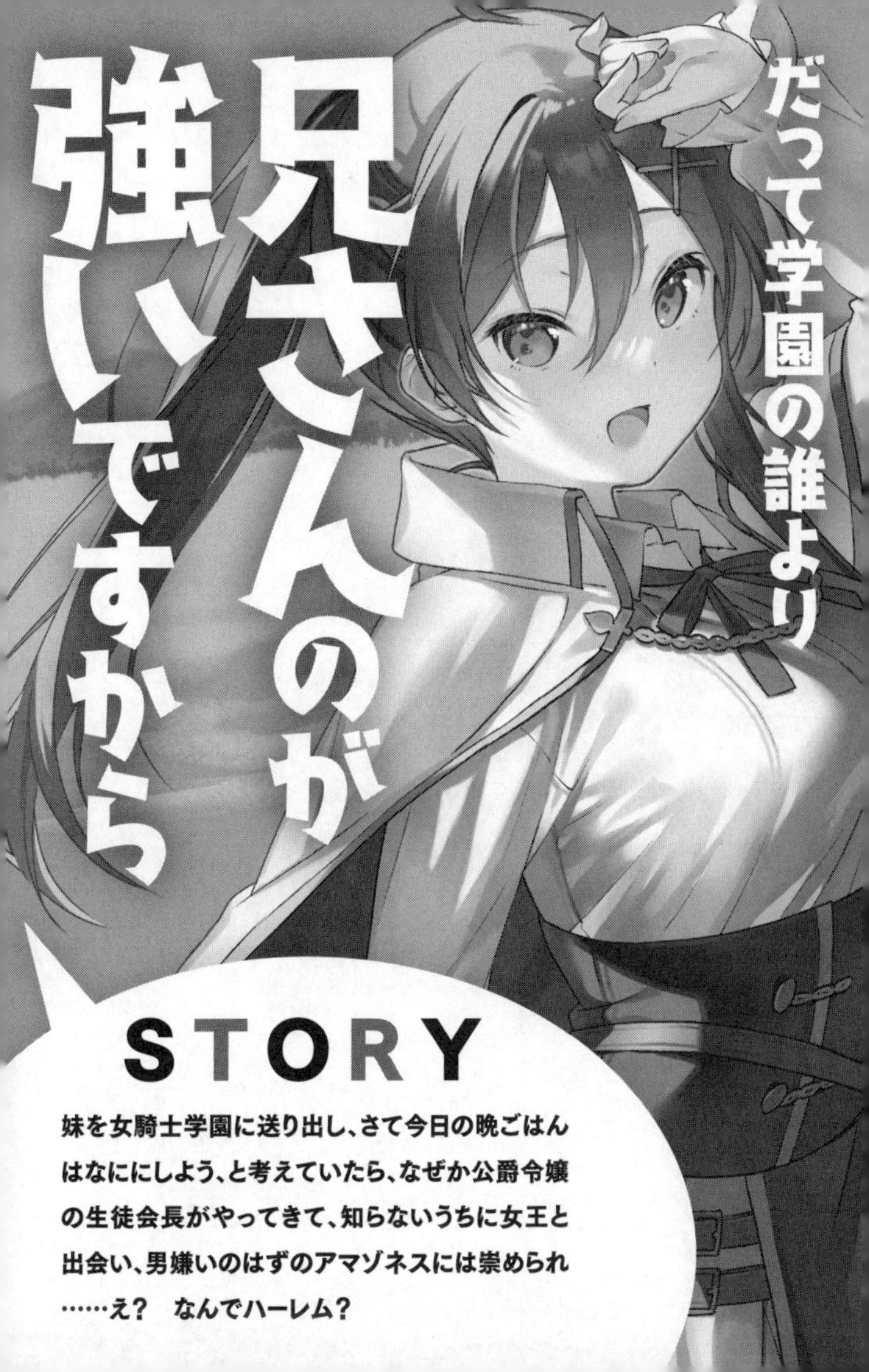
だって学園の誰より
兄さんのが
強いですから
STORY
妹を女騎士学園に送り出し、さて今日の晩ごはんはなににしよう、と考えていたら、なぜか公爵令嬢の生徒会長がやってきて、知らないうちに女王と出会い、男嫌いのはずのアマゾネスには崇められ……え？　なんでハーレム？

切り拓け！キミだけの王道
ファンタジア大賞
原稿募集中！
賞金
《大賞》300万円
《金賞》50万円
《銀賞》30万円
選考委員
細音啓「キミと僕の最後の戦場、あるいは世界が始まる聖戦」
橘公司「デート・ア・ライブ」
羊太郎「ロクでなし魔術講師と禁忌教典《アカシックレコード》」
ファンタジア文庫編集長
後期締切 2月末日
前期締切 8月末日
公式サイトはこちら！ https://www.fantasiataisho.com/
イラスト／つなこ、猫鍋蒼、三嶋くろね